買字句賣意象。一斤七元。討價還價。於是就有了一本詩集

文字。買。賣之後。我找到可以揮灑詩的疆場

軍火買賣
權位買賣黃金買賣教育買
賣農作買賣器官買賣愛情買賣衣食
買賣文化買賣電玩買賣道德買賣網路買
賣真理買賣資本買賣夢想買賣股票買賣尊卑
買賣標語買賣法律買賣靈魂買賣商務買賣宗教買
賣政策買賣歷史買賣生態買賣人權買賣官僚買賣青
春買賣語言買賣貧窮買賣政變買賣快樂買賣藝術買賣
時間買賣整型買賣醫學買賣證件買賣遊戲買賣新聞買賣
信仰買賣病情買賣孤獨買賣誦讀買賣暴力買賣倫理買賣

討乞買賣死亡買賣速度買賣呼吸買賣政客買賣古蹟買賣
總統買賣簽名買賣契約買賣笑容買賣三餐買賣男女買賣
核廠買賣土地買賣良心買賣廣告買賣汙染買賣人性買
賣科技買賣豪宅買賣人文買賣生存買賣公益買賣創
作買賣廢墟買賣良知買賣階級買賣榮耀買賣主義
買賣租住買賣文憑買賣偉人買賣姿勢買賣臉
書買賣體制買賣性別買賣禮俗買賣語言
買賣樂透買賣高潮買賣職業買賣符
號買賣關係買賣水源買賣
儀式買賣

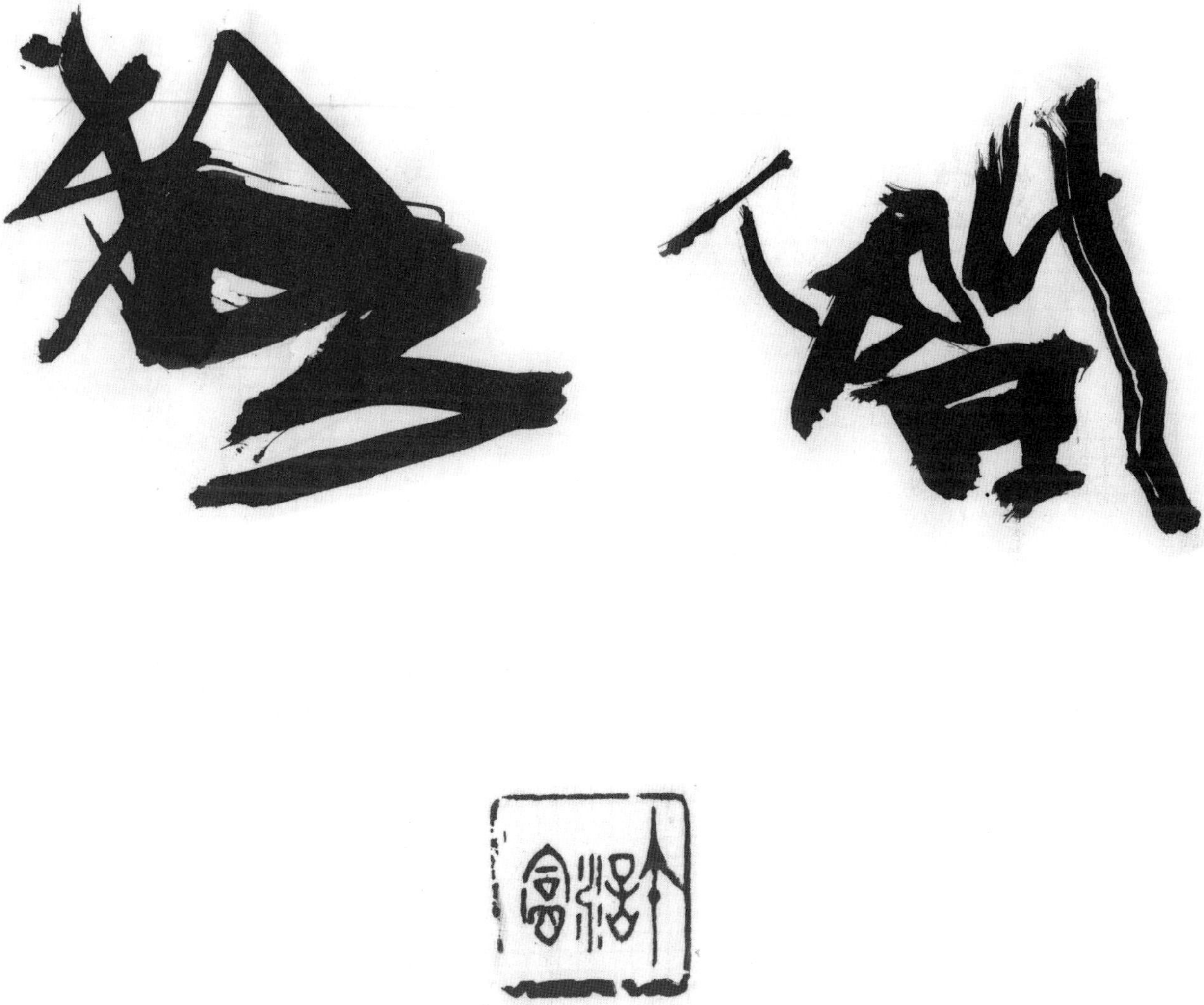

寫給島嶼

48首

寫給島嶼 目錄

過境

聲音細碎而爆裂
像水中磨刀巨大的裸露
您敲打的殘軀鑼鼓剩一落孤弦
在歷史過境島上鎖住

頭顱貫穿時間而靜靜立碑
哀鳴胸口飽滿滾燙記憶
五十年老兵濃縮一句不哭不笑的嘆息
您把身世撤在豪華笑話裡

舉步蹣跚而越過求饒刃鋒的前方
子彈和鄉愁在黑暗中長大
那些被囚禁的愛恨衰老
鏤空成最後無聲無息的細節

濁重而輝煌的呼嘯生命
踏過蹄痕犯行的戰役傲慢
您語帶拼奏歧義的忐忑語彙
不斷的在故事眼瞳裡拋出火花

夜醉十七行

一飲而盡。夜和空酒瓶
任意的虛實逐流。一顆心抹去
嚷嚷對話。杯底盛唐盡出濺落
苦苦攀戀和醉一樣入世
床屋難眠。渾身鬆落排成痀僂章法
三兩行範疇沒有可讀的人生豪情壯烈
傷口朝南。夢再深一點就看見自己
冷冷暗日吞沒。死多於生的宿命論
在咽喉擺渡放火。燒亮黎明
我的年代。我的陽光啄著餿味的餓
一口一口分泌反芻來訪的滄桑苦吟
回眸。暮色將至的千古斟酌
那初初的凝凍獨飲。在詩湧之間
收容了落櫻和雪花火焰的平息
聽盤纏的自己緩緩吐出縷縷潮汐
一齣故事。一個人的枝椏笑聲
今我非我。杯盤狼藉回答紅顏已酡的歸還

● 故鄉記事　兩帖

（一）

木麻黃樹叢裡剪裁一截一截光影
縫在童年藏青色的衣襟上
然後晒在時間拂過的湛藍笑聲
像滿盈喜悅有閃爍溫馨的對話
我永遠記得這是青春馳騁中最美的夢境
那些窮困年代裡的奢侈意象
一盞盞的掛在遠方成為黑夜埋伏裡的亮點

（二）

遺忘擣衣聲繚繞在漂泊身影的節奏裡
就像遺忘一隻燕尾撐住整個傾斜歲月脈管
我總是聽到雞鳴與狗吠勤殷敲醒生命脈搏
這是故鄉家書裡逗點與逗點間的閱讀
那些眾多老農植種旱田裡的口腹扉頁
我們的長大充滿現實窘迫和孤獨俯首
戰爭與命運如此把島土磨蝕成飛揚引渡的顆顆沙粒

榜林廣場的甘仔店

這家雜貨店舖展著郵戳思念裡的濃濃歷史
鎮日販售溫郁的喉音以及村民間的交心互動
歲月是密密麻麻記帳簿裡的唯一大筆收支
屋內窩藏柴薪秘密遼闊的隱喻
定存滿滿心意以及足夠三餐採食的數字
像牆角蜘蛛忙著結網默劇的表演
主人在同心圓波紋時間中忙著填補照亮笑聲
每張小小錢幣供需交換彼此的輝煌
並且囤積大量叩門而來的歡顏記痕
那些仿若參差著記憶故事和現實青春的飆逝
彈珠汽水和新樂園香菸和眩眼的夢境氛圍
簡陋店面卻撥動著衣食節奏的弦音
整座村落因有這間甘仔店而勾畫出共同的家譜
日落前村民不約而同會聚集在店門口閒敘風月
傾吐各自燃點的憂喜盤旋人生
直到燭光剪落在低低夜幕裡
這家修辭斑剝的甘仔店才靜悄悄闔著眼皮入夢

故鄉

秋的征途。落葉叫喊著痛
一條童年的路。光著腳
沿向草叢。窮餓。炊煙直直走
我看見黑暗裡裊裊燃起的一盞煙火

弓身招訪。門庭無聲的冷蕪
思念沿著家譜殘冊爬行
一截不可攀的時光曲頸。仰望與沉默
來回踱步。想找出走的理由

這座島。邊陲湧動的歷史暮色
那旅人揪著微顫暗啞的心
來到母親的墳前
才知道這就是血肉跋涉的故鄉

美麗的情緒

〈1〉高粱是孤寂的火種
輕輕的在喉管搖晃
鄉愁便冒出來
人間五味就盈盈的反芻

〈2〉高粱是年少輕狂的情緒
倒滿杯杯渾圓的醉
在幾許戲謔的人生故事裡
我們擎起高吭的主義

〈3〉高粱是最容易消化的霸橫
三口豪爽便吞下漢唐
獨留杯底喘喘的江湖
說說唱唱給豢養的衰老

●浯島心事

槍桿子都被埋在地底下
出土的盡是歷史優雅的髒話

三兄大腿左側仍有煙硝疤痕
血的數據涉嫌湮滅成為敬仰的殉道者

戰事遷徙後的醃漬風景
觀光客在我解甲的傷口移防駐紮

● 在島上撞肩而遇的迸裂靈魂

我僅有的年少在荒廢土石堆裡醒來
所有踏空嘶鳴的步伐奄奄一息
瘦如麥桿的影子在戰火中喊痛
陽光寥落像缺氧的晚上
任性的砲彈在床邊屋簷走過
那年十一歲臉上長滿恐怖的權力和沉默
許多的夢沒有五官沒有完整的祖國
一碗豬油拌飯的幸福肢解成鄉間折翼的傳奇
所有窮困都成為我們共同默認的真理
日子像頭顱遍佈在歷史課本裡的攀爬移動
讀書要學習「效忠領袖」「反共抗俄」
答案中滿滿是伏首的地雷
如黑暗墳場我的青春期萎縮成粉碎粒子
單打雙不打早已習慣共匪做愛的姿勢
那些阿兵哥的身體就像冰冷戰場

遠方有人喊錯戒嚴裡的秘密口令
死了三個老百姓和一個軍人
我們正陷入皇天后土裡的大愛犧牲
像島上遍地埋下的彈片種子
長出的高粱和番薯肥大而有血腥味
在三餐沒有溫飽的掏空生存下
五加皮和豬頭皮足夠為一個冬天取暖
那是父親和別人的父親一樣的衣食苟活年代
我忽然明白金門人的宿命是不斷的被剝削和遺忘
遺忘被殖民遺忘被邊緣遺忘被棄保效應
我終於在幽暗燭光看見眾多沉默的臉在國家邊界走失
像十二月木麻黃敲著冷冽的命運
我在家鄉土地的乾涸田野採著雜草中的小菊花
想像這就是血脈臍帶的淚雨擁抱
想像這就是我們頓失所怙的未來
想像這就是島上撞肩而遇的迸裂靈魂

鄉愁

1.多霧瞳孔。一幀潑墨隱伏的故鄉
在濛濛繞海聲浪中甦醒
彷彿紅磚燕尾無聲的傷痕記載
埋入島嶼涓涓細細戰事骸骨裡

2.時光隧道。記憶羅列重量回聲
生命飽滿滄桑引渡
那些容顏磨磋的昂揚挺進
像無數撐起修補日子的父老們

3.風雨無夢。輕眠縈繞浯江脈搏裡的叮嚀
陳高私語聽你淘淘醉意豪情
有趨近踏音划出濤聲汩汩而來
在潮濕鄉愁青衣中靜靜衰老

三五句酒聲。聽入喉綻開的弦音
聽滄桑接住成一滴的靜默
杯杯溢滿。一擎月色墜落淵底
如我語無倫次的翻攪。穿梭
如我小說眉批裡的亂句章法
猜您又回到我們脣齒岸邊的搓揉
恍恍沉溺。舔舐熟悉倒影敲奏的耳語
像詩經中抑揚起伏的呦呦鹿鳴
一句句咀嚼鄉愁。愛和揮霍
如夢殘骸。淚和烽火脈搏的涓涓滴滴
醉是救贖。想您是時間清洗過的覺醒
那些巨大人生的喧嚷。動盪
您炯炯的撫媚已結成細語疤痕
您苦苦唧著的星光已徒然荒暗
像療程。我們釀出的美麗和平庸
施與受。兌換的老靈魂
在重返這欣喜的藍圖醉影波長裡
空酒瓶。我們和我們之間
七月某日轉身反芻的故事情節
繼續發生。繼續軟弱

這次回家。沒有熟悉的容顏
沒有可以貼近親情的慰候
像是走進一個陌生島嶼
他們一一都在時光甬道衰老了
人生忽明忽滅於無常中過往
輕履步程。穿行轉繞山海燕尾的方向
想像可以抵達帷幕已啟的巷口
看著老伯吞吐菸雲的暗自心情
聽母親嘴角撐起的重量叮嚀
以及那些老日子緩緩拓印出的斑痕記事
物換星移。親愛的人是否還有懸空身影
我將剪綵一襲青衣袖口的旁註
讀您風雨銜著的獨舞悲歌
在負荷一弧彎月的惶然世事裡
時間彷彿是我們共同沉重的遭遇
門庭野草橫生。荒廢小路搖擺著故事輪廓
而我依然循次光影皺褶的招示
欲言又止的唇音頻頻抖出語塞問路
在渾身拂滿鄉愁的巨大無解裡
我試圖再亮開一盞最後燭火
細微撫摸曾經的極盛瞬間凋落
安眠在酣暢神遊的故鄉

歸途

島語

手札九則

1. 故鄉是一條路
慢慢的走。可以通往您想要到達的地方

2. 黑黑揚起的塵灰。時間著火
我在一片青瓦苔痕裡找到巡紋去處的閱讀歷史

3. 炊煙是野草焚燒後在屋頂的一縷美麗潑墨
炊煙是童年記憶裡最容易曝光的圖騰

4. 父親的沉默和五加皮酒。暗暗心事的碰撞。
讓我想起一行的艾略特

5. 木麻黃披髮飄落的意象遠比當柴火焚燒還熾烈。
甚至還痛

6. 彈殼和鬼條砦是侵略者和被侵略者的動詞。
它們之間都是戰爭後的侏儒符碼。有血和愚昧

7. 多年來浪海在島嶼岸礁自言自語。偶會有幾句的雄辯高論。
我只聽得語意裡的桑滄和寂寞

8. 滿山遍野的酒味高粱。釀出許多人的心事以及
喉嚨出沒的療程處方

9. 您走過的每條坑道都有哭聲回音。您住過的
每座碉堡底層都掩埋過烽火的叫囂

孤島
二則

①
靠岸。一個手勢距離
回聲是童年與傾圮的歷史對白
海潮吟詠。故鄉初老
聽臍帶泅洄的跳躍旋律
此刻風情與倔強剛好
一座久違的島。幽美如畫

②
月暈懸空的容顏
方位可辨。燕尾與炊煙之間
我在思念的尺寸凝固
鄉愁恰如斷裂的髮簪
輕輕滑下。像宋朝
我揣臆這是島嶼的心事

❶ 生活中需要一些存在的動盪。對話。酒。適合描寫無心的裸露。

❷ 黑洞。像貓眼。醉。凝視兩個混沌的世界。像夜晚的傅柯。

❸ 酒與自由落體。島嶼上的人都跌入波紋漣漪的同心圓。律動。這是最美的數學方向。斜角364度。

❹ 酒是動詞。釀酒的人都是詩人。

❺ 在鏡泊裡流浪。在方寸的踱步裡想念。一千次的存在和不存在。像虐待。

❻ 一杯是楷體。七杯是行書。十三杯後。落款都是狂草。

❼ 酒與性。拉扯強大的地心引力。

❽ 琥珀色。穿梭在58°的靈魂邊界。那是魅。迷宮

❾ 您如何把酒翻譯成一記的離騷或一帖懷素風月。

❿ 島嶼。放手。生生息息。杯底。千尺浪濤。拍案。山與海。我聽見您飽滿酣唱的大笑。

⓫ 卑微與偉大。酒。不著痕跡平撫我們過於入世的虛妄。

⓬ 浪人。您喝下去的酒都是故事。

⓭ 哭與笑。我在豪飲裡耽美於不斷的滌淨和放逐。

⓮ 浮光掠影。歷史沉沉的底層。自己和自己。酒。像暗房裡的藥劑。魂牽夢縈來回曝光你的湛藍。

⓯ 杯底溺有一口暈月。旅人。忘了撈拔。任由時間長滿青苔。

⓰ 文字裡的酒味。沒有句點。只有皈依和一顆柔弱的心。

⓱ 酒很野。像畫家。酒很靜。像一座昨日走過的藍色清真寺。

⓲ 轉動開瓶器。入眠的耳語。我聽見父老們的笑聲和美學的宣示。

⓳ 酒介於極端主義和孤獨之間。

語錄

十九條

九月

秋日午後

陽光在修辭學之間啟齒
並且翻譯。落葉繁衍裡的扉頁
我彷彿聽到黑暗巷弄的寂寞
那些往返離鄉的漏洞聲音
頭顱與行囊的叮嚀。呼吸
以及無言的陌生名字
像我讀過的祖國。自言自語
在陽台上潮濕。鳴叫
啞口無言。惶惶的心
彷彿我們共同曠遠的世紀
父親缺席。柴火燒盡
那些彼此交換藏匿的內部
在雲絮。在九月枯瘦的天空
敲落失聲無由的縱橫
柔軟而微微騷動
像一齣荒謬小寫的情節
在秋日午後。磨損。移位

我家有一口井

年代記載。更早的祖父之前就有這口井
這是一道來自島嶼地底下的神聖水流
清甘而汩汩出泉。傳遞活口福音
座落在天庭內裏。那是未改建前的老宅三合院
一家眾口都依賴這窪好井維生
吃食盥洗。淘水浮沉探窺倒影秘梓
記憶裡的井深呼吸藏有漫漫溢出故事
母親蹲在井邊撈水搓洗衣服的景象依然如昨
從田裡回來的父親把偌大西瓜泡浮在井底
這是夏日最期待的歡聚。端坐井邊
想像撈上岸的冰涼甜心。您一口我一口。
活生生一幅喜樂合家照。戲言兒語
沒有課本。沒有教訓。只有敞開的歡笑
只因那口水井的陪伴。安穩了日子裡的漣漪
那是無法丈量的愛和生活覓食中的通道
我篤定的說。這口井是我們家譜裡的一則註解
每個人都從這裡挖到生計。甚至靈魂的出口
流光驚鴻。如今家世敗退。父母兄嫂各自遠走
那口井也隨著島上自來水的供給而移位而封藏
每每回老家總是駐足俯視這段補白的嘩啦啦歲月
像靜悄悄的屏息。沉澱。直到地底彼岸

陌生風景裡的異象答覆

窗外夜色釀出吹哨心弦
我在近呼美麗和死亡閃爍聽半箋離騷啜泣
這荒漠雨聲就像身世狼煙殘骸
燈下叫醒的盛世又彷若一句句沙場雕像
我能知曉的前方僅僅是七公尺的歷史墳場
我硬朗孤獨抵不住一滴滴窗前呢喃雀聲
這龐大寂寞橫豎都是文字空殼敲破的回音
請給我酒和一冊淹沒枯腸的詩集
請給我可以閱讀的歌舞筆劃天堂
在人事擺盪喧嘩虛飾狹窄的陌生文字之間
我只能循著小小撥開的水紋斜行
我只能面對琉璃滿天種植的地獄號哭
就像某篇小說情節擱淺在紅腫眼瞳的邊界
啊。十二月風寒鏤空的私人島嶼
我一如您偽裝穿過的滑行步履
我將逃往躍過春天最後的一畝涅盤
請賜給我慈悲佛號的許諾超渡
一起守候黑色記載的那些巔簸編年史

我在島上

薄霧狀的南方風景
一條老舊病痛的馬路
舖展泛黃如壁畫的裂痕步伐
曬著老士官的鞋印和無以名狀的情緒
日落。戰爭褪色成腿上的一記疤痕
磨蝕巨大嘆息壓在筆直的柏油路
說謊的政府。躲回各自的江山
戰備年代。我們都是被鑿空的掠奪
子彈和口號。旋生旋死的包覆
那些許久黑暗的穿梭低迴
我們只能看見死亡和顛躓的來回
在拼湊身世板塊記憶裡
就像小徑荒野裡的碉堡
高喊「反共抗俄。消滅共匪」的熟悉口音
瞄準曝露的歷史黑洞
流淌無法承載的仇恨演繹
閃爍一場枯芒點火的戲謔燎原
這終究是瀰天蓋地的惘惘笑話

薄霧狀的南方風景
母親總是說這是我們的家
但泥濘小路已掛滿霓虹燈

補丁的童年滑下曲折美麗的弧線
村落醃漬過厚的濃妝水泥地
筆直馬路行過遍地新買的轎車
層層社區壓扁燕尾的展翅
許多的路口和笑容一樣
更遠的田野閒置著腳履汗水的暈開
天空佈滿影幕屏障的封守視野
我在家門出入口找到陌生記憶通行證
時間浮擊。深邃暗影的回音
親愛的人被拋在各自的新墳
我穿越黑暗懷舊的洗滌傷口前進
敘事曾經路過的悲愴和寂寞
回到島上。安裝靈魂渲染過的悲喜
回到島上。重溫人生遞增遞減的晴朗索引

回家之後

他把頭銜帶回家
他把吶喊帶回家
他把主義帶回家
他把髒話帶回家
他把債務帶回家
他把訓詞帶回家
他把統治帶回家
他把偽飾帶回家
他把眉批帶回家
他把酩酊帶回家
他把陌生帶回家
他把詛咒帶回家
他把孤獨帶回家

他把妄想帶回家
他把制服帶回家
他把數字帶回家
他把仇恨帶回家
他把世故帶回家
他把謊言帶回家
他把狼狽帶回家
他把神話帶回家
他把面具帶回家
他把叛逆帶回家
他把戰爭帶回家
他把距離帶回家
他把焦慮帶回家

他把外遇帶回家
他把競爭帶回家
他把階級帶回家
他把病菌帶回家
他把規範帶回家
他把功利帶回家
他把草率帶回家
他把命令帶回家
他把黑夜帶回家
他把鬥爭帶回家
他把標準帶回家
他把錯誤帶回家
他把忘記帶回家

他回家。看見一屋子的傾斜
他回家。聽到一屋子的叫囂
他回家。找不到回家的自己

背•海

不止一次背海而哭
撿回的細浪在手中預覽
像沒有旁注的捲舌顫音
水紋裡有島嶼脈絡
在我貯藏的故事潮濕。敲落
那些破碎起伏情節
完成我紛紛不安場景的泄漏

這裡沒有遠方。您一個人
隱喻水聲。在音節記載中朗讀
像隨時可以指認的黑白童年
載浮載沉飽滿芳香記憶
彷彿海潮戳上一枚枚的信息
細細叨叨嚷著要回家的路

在浩瀚。海濤款款寄回來的消息
那些遠遠離去的煙硝戰火
留下歷史摺頁的歧義療癒
此刻光影。黎明和黑暗洗滌的傷口
我們諦聽腳程緩緩開放

越過靜以及龐大的荒蕪
我瞳眸燃點如漁火裊裊升起的構築
澎湃大海。拍岸吐霧水色蒼茫
彷彿這是一篋夢裡煙遠的沉漬

沙灘退下洶湧急流
我清楚看見島圖的血脈輪廓
在受潮的三月傾聽衣襟撫過的倉皇

漫浮胸膛。您是流麗波影綿延的字句
我讀著暴烈與溫柔交融的一次行旅

不止一次背海而哭

念親二題

① 不止一次在夢裡相見
總是不捨在醒後您離遠而去
孤伶伶的人間沒有噓寒問暖的人
好像您走得不遠
路途上還有您濕濘濘的腳印
我急怯怯的追逐您的身影
您卻隱匿躲回自己的土塚屋內
我用力敲著緊閉的門扉
沒有人應答也沒有任何回鳴
只留下墓前那坯無法對答的碑文

② 一只圓圓胖胖的小戒指
從您手上褪下輕輕套在我手中
這是阿母最後無言的叮嚀
那不是一枚純金釀造的紀念物
它像一樁心事和火鑄的前世續緣
在日日夜夜思親的心底深處
我總會把這枚戒指放回夢中場址
讓亮晶晶的戒指復活而衍生
讓我又可以聽到和阿母的對話
彷彿從羊水臍帶包容裡走回來的漂流親情

● 很老的故鄉 四帖

〈一〉故鄉很老。像母親一樣
我聽見夜裡一身補丁的斑駁
堆積。坍塌。時間疤痕
在命運豎起倔強的腥臭年代
一屋子的空腹和窮。以及卑小

〈二〉故鄉很老。像母親一樣
一彎腰就看見殘骸記憶
幽暗巷子。躺著臃腫胎記
二伯父和嘆息。把歲月梳成空曠的顏面
在赤足行過的夕日。目睹孤獨

〈三〉故鄉很老。像母親一樣
庭院空轉。嗷嗷的步履出走
一張臉。雪和風乾的炊煙
我夢見青春和溢滿軀殼的波瀾
從喉部升起一齣近代史

〈四〉故鄉很老。像母親一樣
一堆孤島。他空著手和細小的摩擦
擎著鐵和血的症狀
在烽火的唾液牢房
他用身體描述簡單的死亡

海男孩日記

好像下墜的日月掏破場景
一起燃燒的歷史和童年凝成句點
海邊村莊浮腫在昏睡溺水中
而註解美麗的漁火仍是記憶發笑的座標
遠方藍色故事緩緩的在舌尖拋錨
那個捕魚郎經年佔領海域不歸
漲潮浪花急急敲著門縫消息
一則舔舐回家的腹疼叫喊觸礁迷路
假想您是海洋漂泊的浪子
太陽煉火的背脊您沉沉如山
風雨削薄的臉龐您薄薄如紙
扛著黑夜沉重過長的冷冷緘默
誰聽懂鹹濕的聲音是什麼顏色
誰知道海深的怒濤是什麼預卜
日子腥味沾黏淹沒潺潺的隧道青春
一生我都是海液裡的一勺分泌唾液
在危岸肚腹中反芻波濤衣食
在劈開海疆的胸脯吞吐答問
在出航的亢奮滿載鱗光的收攬
正如日出海上我期待的幸福泅進
宿命的滑向潮濕篩洗過的夢痕
直到一尾巨大的魚自瞬間凝視中擱淺
我才努力思索人與自然的秘密秩序
征服或滋生。這是航海人生活內部的一幀圖像

酒的場景

我們的親密關係。酒
故鄉容貌。炊煙。油燈。還有酒
該回家了。您身上滿滿是酒味的句子
釀酒的人。像小小的阮籍
一公升的酒適合給一公里外的浪子啜飲
某些時候。酒給我滄桑和清醒
我想起父親大口大口的喝酒。像擎起一個盛世
那些濃度過高的酒。埋伏哭聲
我們把波赫士。沙特。十八世紀一起下酒
儲存過的心情。適合成為酒的範本
亂世。酒是序言
讀魏晉南北朝。靈魂裡都是酒味
我聽到酒在低啞喉嚨裡趕路。終點是曠野
酒成為我們共同的肺腑。佛陀。以及編年史
酒是動詞。杯內的酒是月亮。碗裡的酒是太陽
在酒的血緣裡。找到夢的複製
孤獨的時候。酒是存在主義
酒是火。是夜晚挑亮的瞳
酒是建築。是一幢幢展開的翅膀
我喜歡酒和淤泥之間的安靜場景

身世。

用鄉愁擬寫的身世
小宅院與狼煙竄升的銘記
遷徙者的南方。海疆與旱地
浯江滄海光燦視野
那些可以遠眺的仙洲和鄒魯
和許多嗚咽歷史擦肩而過
我們繼續翻閱島嶼厚度
漂櫓或有蒼茫峰巒
不宜農作。一株鐵蒺藜的仰望

在花崗岩的戍戍守縫隙哭泣
那深鑿的生活桑田
那父老額頭掏洗的歲月
我們歷經守禦工事和貧弱的鋪陳
在被命名為戰地的巨大座標
傾頹而殘破的旌旗肆虐
彈殼。坑道。單號夜晚
家園勒石。潮汐。風獅
靜默而無言的生死密碼
排列在血淚筆劃瘡疤裡
這黑暗荒誕綿延的安置
這幅黑白搜索的雜蕪構圖
我們聽見比例不均的涇渭浩歎
舔吮傷口。嘯臥長日
那些暴虐在無伴奏安魂曲的塵封日子
血以及動章以及殘肢漂泊的靈魂門
夢與火燎的記憶
我們堅實且慈祥的合十默禱
讓尖銳碎裂的疼痛承諾永恆和平
讓盈盈日月守候浯州灘頭的疆界
繼續我們展讀燭火的溫潤。昭亮

聆聽獨白

許多鄉愁都在母親去世後開始濃稠起來
空洞洞的家。來回踱步的庭院
寂靜小巷。時間查封的璀璨
像一幅黑白停滯的靜物畫
灰暗屋內。沒有聲音的臍帶
寂寞竟是剩下一些的名字。器物和記憶
想像這曾經是陽光撲面的摯愛場址
我們構築彼此內心探詢的溫室
沿著針線滑落的袖口縫補笑靨
在離家與返鄉的滄桑中升起一壺小小篝火
引燃清脆唇音裡的歡愉。動盪
就像母親述說的那些陳年起伏往事
每個字都是匍匐上岸的星火
彷彿搖晃不安失眠的空夜
沿著我們無序顛困的年代前進
那些疏離思念緩緩守候在安靜的枕邊
繞著時間成章成節的書寫
關於鄉音裡的單音節。罹患的失憶症
堆放一頁頁記事的輪廓
以及層層疊疊潮濕溶解的懷舊
像往返歷史暗河長流。淹沒綿延的迴旋
啊。鄉愁原來是一種難以痊治的病因
在母親成為浩空中望遠的一顆星光的時候

歲月部首

低音彈奏的圓狀逗點
鋪陳在療傷的肢體部首
一直無法年輕。無法成篇
退縮於黑暗乞討的關鍵詞
像稀微落葉。遠方的語彙
剝開我貧寒空洞的胸膛
在狹縫人生的懸崖頁碼
存在著方圓貫穿的閃爍
如同步伐裡的直線
撞擊風或雨或彎曲的天涯
一個屬於民國的孤臣元年
泛黃。卑微。搖曳的口述
標誌著自己記載的輕盈暮年
宜動土。宜祭祖。甚至一切可宜
那些膜拜祈求的宅邸幸福
劃出一道無法節錄的和弦
在島嶼北方。撐起邊界的註記
一切彷彿縣誌傾圮的側影
敘述漫長隱喻裡的演化。回聲
這走過的氾濫共振風雨默許

島嶼咖啡館裡的一則心經

三次方的綠林叢樹背景
疏影鏤動。幾行句子濕濕回聲
我怯怯弓身藏於造物繁衍中
像字跡漫漶的漂移閱讀
落葉。鳥鳴。島嶼拍岸的頁碼
篇幅裡盡是回眸風景中的預告
天雲細語。方寸中湛藍舒卷流淌
距離之外。古典與現代應和呼喚
此刻。一屋子有圓滿入世的清明
如此安身這孤獨流放場址
鑲滿整個午後匿名沉默
或偏見或坐忘或無端的到達彼岸
餘暉窗外。我目睹一大片併寫的人生細節
在一杯咖啡的閒適中轉換。漂浮或流亡
像無處生命明滅裡的節奏告解
沒有回答。這沉沉濃稠的巨大身後
起點或終點。我筆下遞減的詞性已老

回應

〈一〉誰在敲門

只有時間回應

那些過往煙塵的荒蕪

一字一句默默的召喚

〈二〉海的呢喃

我只聽懂浪花唇語

在故鄉胸脯撒嬌

像捲入一則童年美麗的漩渦

〈三〉山坡的風和木麻黃對吟哼歌

許多的落葉敲弦起舞

在我行徑交錯的回家途中

化身為一齣奔流跳動的室外交響

〈四〉巷和巷一幢幢的留白

屋前屋後微弱的蕭索寂靜

村莊老伯一夜裡只談論自己

剩下的風景晾起沉沉的鼾聲

空洞的顏色。

戰爭的虛位是紅色的
戒嚴的靜默是紅色的
雷區的漩渦是紅色的
逃難的歧路是紅色的
死亡的露宿是紅色的
我記憶的燃燒字句是紅色的

三餐不繼的答案是黑色的
補丁衣褲的進逼是黑色的
破屋陋室的鋪設是黑色的
母親臉龐的回聲是黑色的
時局預言的詮釋是黑色的
我小小擴張的青春期是黑色的

島嶼祖國的皈依是白色的
反共抗俄的蟠踞是白色的
槍林彈雨的留言是白色的
許多明天的峯頂是白色的
靈魂出口的胸膛是白色的
我空洞癱瘓觸及的歲月是白色的

島嶼印象

歷史迴旋。在錯身的置換徜徉波瀾。暗渡年少。島嶼蔓延。生滅。沉落。矯飾字詞。執迷於晦澀瞳子的春顏。茫然和焦愁。涉及於活著的溫度。我們心神鍛鍊。承載這塊堅硬的土地。完整的弧度和愛。

海域音符。記載日月閃爍絮語。我們噙著淚水讀浪花托夢裏的情境。在島的時序。您俯視。我凝神。結霜的眼眉。等待遠洋燈火的回來。那年。我們胸廓漫漶著星斗。編織浪漫。等雷鳴之後醞釀的播種。發芽。新生。繼續我們入世的預告。

灰藍的天。太近的雲。傾聽風景訊息。花崗岩與木麻黃。紅磚和燕尾。鋪展。繁衍。像輕盈漫步的詩句。質樸。鳥從屋簷飛過。家禽處處可見。若隱可現的桃花源。如夢協奏曲。您可以想像。這裡曾經安撫我們起伏不定的靈魂。

整座村落。寂靜消隱。時間在牆垣留下涉世蔓生的風月。出入迂旋的巷子。眼線閃爍。彼起彼落。像佈局用典的故事。句子裡有老農。耕稼。笑聲。落葉。彷彿再度端詳那首楊牧的「孤獨」。熟悉的場景。我循著夕日扛步回家。一個人。一幢村莊。垂直線的情緒。鋪陳。緩緩挪動的幽冥美麗。我嚮往的舒卷章節。

在斟酌的酒杯。計量。豪飲。如我「送行」裡的一闕小令。「如果前方是釀酒的時節。而我又是酗酒的浪子。而您又忘了何處側身的僧人。回家的路啊。瘦成彎弓」。繁複多變的還原。酒香。發酵。凌遲的美麗人生。在捕捉凍結的情緒裡。酒。開啟豐沛的想像。島嶼諸多的畫者。詩人。都是隱含感性架構成篇的執筆者。在不斷的自我抵抗裡。完成因果生成的創作力。我和他們遇見許多如此抒情敘事的好朋友。繼續。探討。創造。我們故事裡盛滿雪的驀然。迴盪。在島嶼繚繞的曠野。因嚮往而歌而詩而天長地久。

黃昏殘壁。漁舟倦返
微微燈火。擎起一排排歷史冊頁
那浯江。曾是浪漫的標題
我想起心有所屬的記憶遭遇
那些砲聲途徑的腐肉容顏
像父親手臂烽火紋身的方位
依然可數。哨聲衝刺的害怕訊息
一顆顆子彈。潛意識上升
夢與夢。翻滾哀號
記得。料羅彎和古寧頭噤默地窟中
您翹首遠望。茂密的單調
防空洞和不斷的逃亡
木麻黃以及相思樹熟悉的喘息
這弔詭的一齣海峽戰亂史
一次次對準不知名的胸膛描述死亡
殘骸塵土。揭示刺刀劃過的黎明
灰影時光。哭泣的家園
血。訣別的小小回聲
我們穿過肋骨風雨洗滌的恐懼
撫慰逝者之心。那些痛的幽靈
那些滿山遍野的鐘響
年年。我們呼吸著海的腥味
以及諸神冠冕的險灘

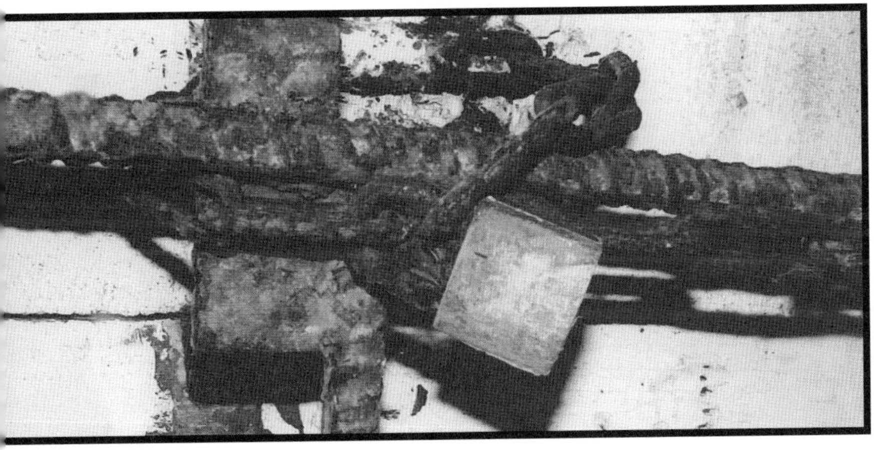

戰事・手記

往日

往日有些些的霉味
像我亂的心。深絞在一起
出了汗。酸酸的味道
和母親那個年代一樣
總是在時間的紋理
想燙平兒女身上凹陷的摺痕
總是想在碗底填飽孩子的長成
啊。許多的日子浸蝕。錯落
母親終究不敵歲月的折騰。枯謝
那些很多很多洗不掉的往日霉味

問路

聽者耳語。蛙鳴以及破荷殘聲
有闖入荒原的寂寞。無語
您填上流淌的泥濘部首
聆聽逗點未成句的詩
一滴滴空境的眉批。斟酌
自深冬簷角滑出汩汩潮音
如畫悠悠絕處逢生。留白。叮嚀
如我皈依嫵媚夢土投影
有條小徑通往十二月脈搏
在您濕濕淋淋的沉默身後
渾濁重疊的老日子。問路
竟有一疊思念深深夾在摺頁裡

歲末 二題

〈一〉風中濕冷。四面春寒招展
歲末暗紅的平平仄仄響起
炮竹聲把年馴服而穿透
唯留門聯裡的那對乾坤句讀
半首回音。細語托付翻閱
彷彿兩行詩的投寄。寄給歲月
一甲子都過的濃墨飛白
餘韻搖醒。十載一夢的嘹喨寒喧
歸與不歸。這方遊子啊

〈二〉聽雨朗讀。如奮起的鞭炮
季節輪替的春時爆響
人間處處飾以福滿喜樂張貼
偶有三兩行空白留給想回家的人
那些一路紛揚揮灑的記憶
黏糕。三層肉以及繞樑飛雁的註腳童年
所謂幸福是如此小小甜實依偎
像灶神填滿飄遠的炊煙
竟是一帖穿行慢慢勾勒的鄉愁

那些還沒有被遺忘的島嶼 九則

①
裝滿血和肉的轟隆隆坑道
用炸藥和謊言挖出愛國情操
一條條黑暗山體走不出來的黑暗盡頭
等著宿命不斷的沙盤推演

②
老街懸空著傾斜歲月
站不穩的未來
窮盡奮力學習站立
並且忙於尋找失蹤多年的回聲乳名

③
鬼條砦種植在海岸線
身高和敵人一樣
露出揮翼的手臂
堅實擋下興風作浪的急流

④
那些單號夜晚的日子
砲彈喜歡躲在無預警的座標
循著發光的童年軌道
炸開一屋子夢的胸膛

⑤
掛在山頭的那盞燈
慢慢的稀釋褪色

整座的村莊就暗下來
誰也看不見誰

⑥埋下嗜血刺蝟地雷
在地底餵養塌陷的命運
那些觸患戰備的懸崖足跡
將被時間浸爛而遺忘而舔舐而撞毀

⑦夾帶音節與意象的裊裊炊煙
從三合院屋脊中拔地而起
如冒煙呼嘯而過的分泌唾液
緩緩的在飢餓肚腹燃起飽漲

⑧牆垣中的顆顆彈痕
刻鑿著仇恨和潰傷
像一枚枚勳章的立業
停泊在歷史的眼瞳

⑨村落裡的防空洞
黑窟窟的蒙住生死謎題
像洪荒中聳立的墳丘
沉默而無法預知的明天

過往

小記

① 村莊邊境兀自孤冷。在木麻黃和雨勢裡。
我看見詩詞風景裡的蕭瑟。像童年走過的記憶。
風燭驚夜。破瓦殘垣。搖曳著瞞暗的暴黑。
像一箋辛棄疾。悲壯。沉默。靜靜的北方。炊煙匍匐而過的
遷徙。痛與沼澤。屏息著緩緩的小傷。
座落在破腐陳舊的年代。那些不可置信的審判。牢獄。
沿著故鄉的胸口摸索。迴盪。

② 巷口夕日。斜射一方懸空的臉龐。那老伯。那湧動的清淚。
在流亡旅次的未知命運。時間擴張而濡漫。幽幽窗外的柳暗花明。
仰望。咬齒興嘆。傾聽。風中嗚咽的伏擊。爆裂冬季。砲彈。哭。
以及死亡。裸露靈魂。看見抽芽的成長。那些向春天奔跑的孩子們。黎明在前方。那年。老伯十六歲。懦弱。征伐。漫漫風雨。在疼痛乍醒的白晝。看見自己

③ 不止一次。母親說。地瓜是我們的根。我們的命。
一鍋湯湯水水。養活一窩的孩子。荒山野地裡的那些田畝。枯萎羅列。時間浸淫。呼嘯跋涉。汗水灌溉後的收成。高粱和菜圃。在三餐邊緣翻仰。安頓。生活泥濘。我們低身越過荊棘曠野。奮立攀爬融雪的另一個春天。在黑暗砂丘夢魅中。勤耕。播種。綠芽初生。我們看見微光裡的希望。卑微的活著。

●不聽話的　夢

①
時間是糊狀的泡沫
雙手一攤。江河皺紋堆砌成殘山剩水
誰懂回首。鬢髮鑲白的浪絮。一滴滴滑落的人生
日子塵封。輕輕拍響胸口的曠野
六十歲了。我是否該在岸邊複印自己反白的倒影
那些裂縫處。是否還有我吹哨的狂野

②
入秋以來的句子。每行收尾都沾滿鄉愁
彷彿窗前拋落的枯葉。敲著出土的魏晉
一排排夕暮消息。風雨和豪飲
都是濃稠的聲聲慢。啊。聲聲慢

書寫‧召喚

❶
我神經質的住在小說裏面
歷經作者的召喚和搭腔
像文字裡的煉金術取得通行證
尋得三尺霧裡的許多關鍵詞

❷
家鄉像一張風景照片
安安靜靜被塗上厚厚記憶
在泛黃歲月顯現又退隱
像一直沒有醒來的老母親

❸
我放風箏是為取悅天空
在遠方彩繪美麗虹影
並且想和雲朵一起去飛翔
讓熄滅的夜晚看見出口

❹
三坪屋內裡有遼闊的心
此刻適合於創作狀態
並且應該是虛虛實實的知識遭遇
應該是飛翔絕對享有的高度

❺
很多時候
在我人體構圖的揭露

總是忘記把靈魂招引其中
徒然失去共鳴和完整

❻旅行是歷史和現實的連結
像夢中出現的場景
不必有句點和時間刻度
只有撩撥和隱喻的關係

❼我聽到歷史身世的荒原聲音
一種太老的風景寂靜
像誤讀一則您的身影
腳趾浸漫著時光暗漬的訊息

❽在世界末日的午後
我們眼眸對望
我們看見沒有現在的前世
倒影著物種演化的昇華

❾星星島航
漆黑的小徑醒來
我闖入童年神秘的花園
在保留完整的夢境紮營

過客

老屋。最深的黑。在歲月立足。治療。
牆垣瀰漫病情。揭露。杜撰以及小小隱藏。

等候。像一扇未開啟的門。失手。俯衝。五十年的答辯
就成為懸案。那些無所言喻的召喚。命題。甚至對決。
逼出咄咄的心痛。拋出。

室內惺忪而沉默。決絕。光廓裡看見情緒。幻覺。迷戀。
單音節的愛和平庸。浮浮沉沉。脆弱。斗屋擱放龐大的疲憊。
和補償。潛意識。存在與不存在。生命中徹響的元素。田稼。
風。童年。幸福感以及末梢神經裡的痛。

蟬聲。樹和落影。半眠窗洞。夢以及被蝕刻的記憶。
一個人。暫居或逃離。都因鄉愁而沉溺而瀕臨激昂。
軀身內外。一路上都是天涯。延伸。凝視和對照。像旅人。
結束又啟程。

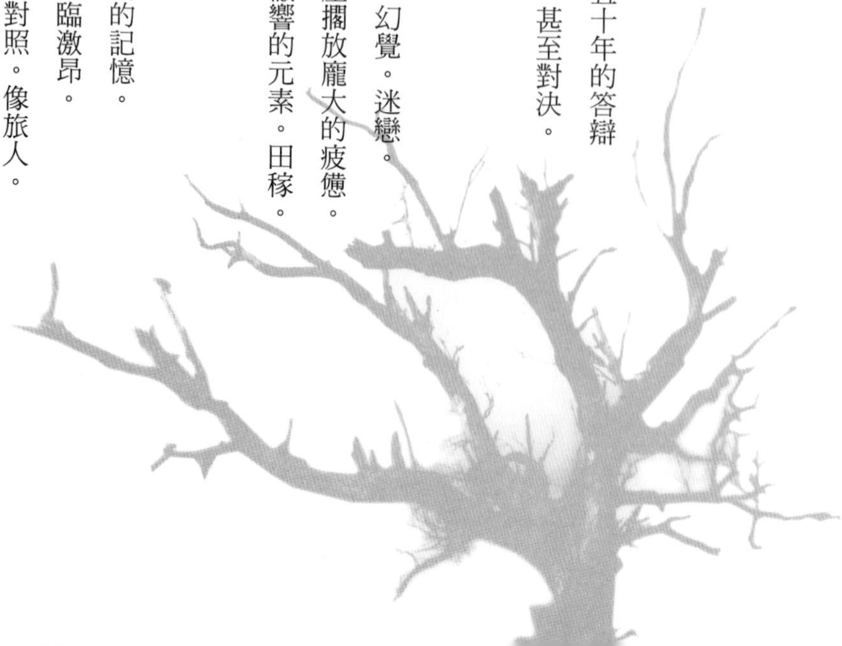

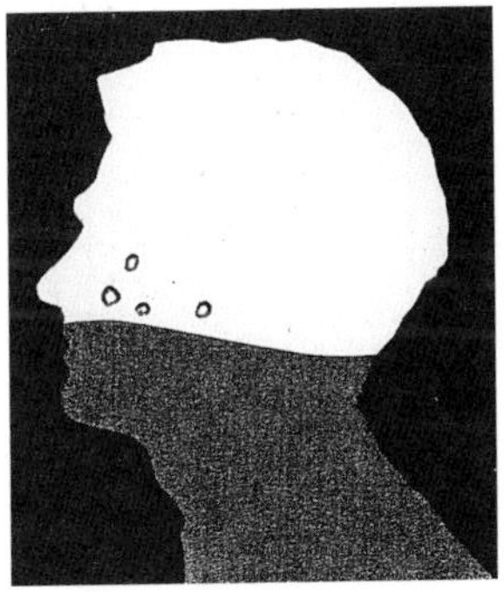

● 很近的童話

童話很近。十三公里的前端
伸手。我們就可以把夢贖回
那些近距離的情緒。土地和雲彩
那些麻雀啄來的高粱成熟消息
那些漲潮拍浪的浯江水呀
我們悄悄的藏收在課本扉頁
我們摘下的一枚星星在夜晚點亮
我們在看不見的自己追逐前進
歌詠。遠方煙雨迷茫的明天
世界如此的傾斜。混沌
許多的記憶都在夢裡逃亡
失序年代。窮和沉默的哭聲
戰火從我們安靜的年齡邊境輾去
血以及死亡在壕溝和防空洞之間流淌
我們赤腳競逐泥沼中的長大歲月
企圖在乾脊的土壤深植三餐
安身立命。地瓜和汗水澆灌的日子
在島嶼傷痕累累的疆界
在轟轟隆隆的劫後。告別傷痛
尋覓。浸洗。往返迴盪的曙光
童年很近。在十三公里的前端
伸手。我們就可以把夢贖回

那些年・故鄉記事簿裡的回聲

〈一〉翻閱土地耕種的行走遺跡
乾旱天時記載汗水。窮。低鳴。愛恨
少年阿平。在戰亂頻頻的田野荒地裡
從爛根番薯討回日子生計
從檢拾彈殼兌換零用錢中找到童年
十一歲。您孤單的聲音。像沒有祖國的年代

〈二〉田畝。活著所繫的一小塊一小塊希望
荷鋤走入祖產供給的口腹
高粱。小麥。淚水噙著的收割
您恍然不更世事的眼眸。十二歲的阿平
雙掌悉心承接密封的無解。飢餓。命運
在炊煙飄落的南方奢想唧來一頓餐飽

〈三〉遍地長滿坑道。口令。罪惡以及人煙裡的懦弱
少年阿平十三歲編入童軍民防隊
在許多分列式行進中閃爍愚蠢無知的步伐
前哨。後岸。夜色啟航晃漾的青春
我們僅能在鐵絲網內搓揉自己的高度
一切的遠眺。不能高於槍桿子的蓬勃

〈四〉國共恩怨以殺伐以仇恨餵養一座島民
如雨子彈。離心蒸發
哀嚎遍野的隻身。火紅黃昏
您沿著一則暗語躲進防空洞
那年十四歲阿平身體紋刻著倖存者的煙硝圖騰
九月。搖搖欲墜的胸膛。燃燒著

〈五〉孤島水位。如一座失語河床
枝椏刺蝟般的鬼條砦翻轉散落
冷冽中。行過疲憊暗影的點點漁舟
十五歲少年阿平順著海濤淹沒的記憶點燃
想起家鄉霧月不曾輕洩的心事
那些捕魚人腐身糊口養家的暗啞碑銘

〈六〉戒嚴建構中的蒼鬱身影
我們排排站在歌頌偉人裡學習愛國
閩南話國語繁茂的口號時代擷取
一字一句咬出血。驚惶。撕裂
十六歲。您英姿勃發背誦勝利的來臨
那些年。阿平考卷裡滿滿是慷慨激昂的擠壓

島嶼之島

九題

①太初月暈下的軌跡行進
溫度和潮濕孵育沼澤生命
一如創世紀演化而成的物種肉身
像水母般的在體腔舔舐來世

②新陳代謝自蠻荒到文明的承襲
空曠的海延伸到陸地而繁殖
終究回到有貝殼有岩石的巨大殿堂
島嶼進化發光閃著生與死的探索

③這島嶼體積已有時間天象的輪迴
鳥鷗和植物曝曬成一頁的記載
在地球行星的節氣中形塑臟腑翻湧的啟示
祖先已懂得耕稼這土壤生態的延續

④春雨夏日俯視這荒脊大地
拓墾的子民赤腳走過沙礫翻種
在期待天宇神祇的護佑下
五穀生機因而萌芽倖存

⑤天時軌道運作無所遁逃的法則
雷雨風霜孕育自然緯度的閱讀
禮義人倫教化成萬世傳承庇護
如此島嶼開始編織繁衍生息溫床

⑥於是我們在晨露滋養蟲鳴鳥啼
野草花香儲存於日月大地
先民們忙著烘焙餵養活口哺育
開天闢地每寸閃閃透光的祖基大業

⑦陸與海拓展生存的連結
翻種和遠洋之間進行寬闊呼吸
這座島土滿溢著茂盛雄偉的充盈
我們翻攪過困厄海拔尋覓豐饒出口

⑧島嶼擺盪糾纏著歷史和未知焦慮
從貧乏到懾人征伐的脆弱遭遇
花崗岩刻鑿著纍纍戰事的傷痕和喟嘆
燕尾炊煙曝光成憑弔的隱喻記憶

⑨那些年島嶼正進行棄置後的龐大修補
靜默和疼痛都是來自宿命的承接
在永夜中我們仰望黎明的輸送
期許斑駁歲月有再生茁壯的盎然

〈海洋記憶〉

島嶼與島嶼之間是海
村落與村落之間是海
眼眸與眼眸之間是海

巨大的夢。在黑夜荒漠中航行
滿載航海人的故事。命運以及征服
那些年。那些搓揉整個冬季頭顱的髮霜
我們越過遼闊海洋胸膛。伏湧翻滾
俯聽家的聲音。在世界盡頭
在浪海的收縮和臂划中邁前
風雨暗夜。曙光自生活裂縫躍起
家計三餐。波浪迴巡的邊緣
我們以血肉。以疼痛追逐海的鱗片
潺聲爆裂。時間泅進搖擺
那些老皺的臉。粗獷的掌指
以及橫劃熟悉的扯裂和揉合
想像大海層層的包裹。鎖牢
彷彿討海人無軀無身的宿命
我們吐吶。我們撐起秩序的背腰
在抖動的海洋深度打撈日子
一尾尾魚群。舔動海域共生的蘊藏
那年。船艙滿滿昂首的歡呼
腥味。叫價。在回家途中的航行位置
那些年啊。我們泅入夢的巨大盛宴
細嚼浪白轟然的回音。擁抱
記憶桌前的那些魚刺。藻類。汗水和幸福

● 寫信給故鄉

寫信給故鄉
路途三千里的一封手箋
密密麻麻泅泳著人生過往
山海字句。天河迴響
我聽得咳嗽聲中纏住龐大鄉愁
蒼蒼斑駁。丈量家的距離
歸來或者闇啞的撲面摹寫
出軸在眾多熟悉的父老容顏裡
老邁土地。煙雨風月的牽掛
我沿著簷角叮噹的步蹤迴旋踏去
去尋覓山徑一字一字栽種的苔痕位置
寫信給故鄉
筆劃出鞘的細細聆聽
有夕暮晚歌倒映的酒聲
有庭院睡倦的星月呢喃
並且有我半截烽火身世的投影
自遼遠島嶼解纜。鬆綁
自記憶輪廓中橫掃
那海岸以槳寫景的複雜筆劃
那傾耳靜默的燕尾心事
落葉和白髮都已是風霜的年年了
啊。寫信給故鄉
我越過夢的海潮鍥入
叫醒巍巍釀事的海拔
愛撫在回歸的搖籃裡

秋訣

落葉是心跳是詠調
窗緊閉的傳言
九月經過摩擦。疼痛
獄口掙脫。無息燒灼的夢
來到雁北水岸。胭脂
我挪動湧動的斟酌
竟是一枚小小枯禪

掌痕烙刻未署名的隱喻
黑夜。撲翅的手
失重的如一疋青花
像起霧。濺起鬼魅指涉
誰是落單的輝煌
誰忘記啣走雨季最後的步子
在艾略特漫漫荒原裡

夜和花瓣。化身行草
眼瞳有一窪後宮。舔舐
低飛的火螢
在額上築巢。並且蒼老
如同管芒排成仰角的填滿

我靜靜聽。海子頻率
再頓挫季節一次一次輾過自己

亡佚神話。支流嚷著靜脈裡的尾音
故事裡不斷的換裝

羽翼有白色微醺。囈語
叨叨唸唸。今年初老的冷
整個下午。我忙收割雲的唾液
想接近指間撩撥的廝磨追逐
從容遷徙。這不捨的楓紅覆誦

秋色驚飛。洄溯
風一路上跋涉換季的魂魄堆砌
像塞外駝鈴負載化身記憶
酒器和鄉愁。失散迴盪
貓一樣的哭。無生無滅
蟬嘶。三合院斑斑皺紋的挖掘
彷彿低音失弦的蹣跚步履

此刻。我借用筆鋒峨峨的召示
島嶼和鄭愁予。諸神和愛與美
彷若幾重山幾重水的編列

陳述歷史仰首的姿勢
朝南。我腳踏世界有一柔軟方向
紛紛起身。納入杜撰松香硯墨裡

寫下三十七頁亂髮蔓延
青衫衣襟任由千堆雪
聲音在峯頂預言。征戰
蘆葦成箭。成過往波瀾浸透住所
雷與雨。踱步的風鈴
在歲次辛卯部首裡紛紛墮落
我估量這是沉默斷層中的儀式

● 招手

傾斜門縫看到歲月倒敘競走
空盪盪屋房。擺渡老母親擱淺無聲的默片
靜靜躺在最暗的漫無。記憶杜撰
相冊裡我讀過的寫實剪影
蒼茫眼神有許多過往缺憾。不堪翹首
沿著風月咒語敲擊而蔓延
島嶼小村。您隻身循向三餐挖掘。吶喊招手
在一畝一畝旱田裡求索卑微的兒女溫飽
雨霜暗啞。農田斑斑截角的布幃遮掩
以及那些用淚用汗耕作出的風饒滋味
承載太多生存中的排擠。窮酸。掙扎
您日夜踩在故鄉土味犁田裡
起身動躍迎接每日早課。上山。下海
用愛縫補虛無陰影裡的戒嚴大地
時間終究靜止在這些小人堅毅的輪廓上
那些年。那些戴斗笠。憨直的笑臉們
方華伯母以及青孀個個扛起共同面對坎坷家世
托負著悲歡生命裡的美好和重軛
一起翻種。一起挑揀番薯。玉米。高粱
誓言拉拔最深沉的絕境。傳遞延續香火
如此逆流而上。棲止您駝著的弓身。命運
走向遍佈種植炊煙的明天
啊。明天。您已在佛陀的遠方
就像無邊無際我們手勢的剎那
說著故鄉那片千山獨行的浮雲

造訪

在沉靜虛無的一個傾斜下午
我腳趾拓印著記憶空間行進
循著陳舊小徑滑入善意熟悉的方向
拐過大片木麻黃幢幢的襲來
天空晦暗顏色慢慢沉澱而拋遠
我們一路經過跌跌撞撞的暮色
微小的美麗不定時的散佈綻放
一朵野菊花像謠言似的互通聲息
而雷雨殘骸正於架設睡夢中的彩虹
更遠的海邊有款款亮起的夜火
彷彿炊煙藍圖閃爍的歧路
此刻應是浪人尋求庇護的一樁心事
從歷史旌旗節節沒落的煙硝中升起

一如那厚實熟悉的鄉音索引
我端坐在一杯初火溫熱的咖啡桌前
寫信給艾略特以及閱讀裡的維根斯坦
問候人生龐大的荒原承載的是什麼
並且聆聽成群成群的寂寞描述
關於戰事殘餘留下平庸的記載
以及那些無可挽回的盤據時間
我們全然都已忘記了痛
像窗外片片的蒺藜輕輕摔落一樣
滿是對人生招降和放任
一切寂靜如生息如許諾是可以寬恕的
二〇一二年三月我在島嶼岸邊寫詩
寄給您。一個虛擲無法投遞的季節

寫給他者

102首

寫給他者 目錄

● 知識份子

他只用一個詞。小小的火種
在自己的時代燒灼。疼痛
像知識份子嘴裡叼著的煙
談論世俗虛實瀰漫的混濁
一個人。一道生滅倒影的時序閃爍

他沙啞聲帶咳出許多小標題
關於來自文字新生的力量和無奈
那時。他在詩頁裡記載忘情的革命以及血
並且註解生活中最謙卑的感喟。自白和流淚
那些舔舐靈魂藏密裡的甦醒。觸動

他不止一次背誦薩依德鏡面裡的正義
以頹廢做為時勢傷口的掩護
他填寫游牧式的毀譽動詞
用唇角起伏的齒音歌頌厲雪坍塌的存在
關於人間被設限的圍困。愛以及良知

● 默許

從梳洗額頭到身子人形
曾是虛榮矯飾的青春塑成
中途失足於稀疏的修為
那些寫實而尋索的萬紫千紅
試著調整舞台節拍演出
竟是鬼魅催促的臉龐佔據
呼嘯奔過的彩霞已落幕
一生區區短短的江山默許
斷髮落拓的絜白
以及側彎如弓的軀幹承壓
算來年歲已服貼給時間
那些曾為年輕的標新立異之後
沉沉的眼瞳揮出淚水
看得到的現在都已深織若繭
如同拍肩握手的凝視轉折
錯過的是密密麻麻無聲的皺紋

● 傾斜

我們只剩淋淋的背影和想像

想您是青衫蝶衣裡的一枚孤單

我們出自紅塵虛眸中模糊的一個字
像書海裡的那些深藍。距離和碰撞
浪海的字。月光的字。無形的字。
您是字跡輕聲刮傷的痕跡
小小印記。您是黑洞漂流中的飛白

我無法瞭解您身世索隱的邊際
我猜不透您在括弧內或假設之外
我是不對稱的殘缺。而您是滿室花香的借喻

或者是風或一根煙的魂魄
或者是雨或一疋弦的落漠

您不再是您。您是夜裡漲潮的一箋宋詞
我不屬於我。我是梵聲漂泊裡的一縷青煙

我們相遇在單薄的愛以及慈悲
您在峯頂。我在千堆雪的錯過
嗔癡與愛戀。我們都在座無虛席的荒原裡

交際是景觀。卡爾維諾是景觀。荷爾蒙是景觀。
拜物教肉體。我們維持在佔有和不佔有之間。像街上荒蕪的吻。瞬間。檸檬味。我們的止痛錠。一枚小小的愛情。

殖民地擴張。迂迴。獵取。在粉紅色的線索。尋找方位和可以撫慰的範圍。腰身以及歇斯底里的臀部。適合成為私領域的愉悅。那些年。那些日子。我們經營無節奏的美麗慾望。舌和粗魯的支配。沿著信義路。二十七巷。五弄。一路上揮霍。腎上腺。關係。聖羅蘭。藥。以及合法的交感神經系統。

世界靜靜的滑入。消費。妄想。九〇年代。我們在資本主義的違章建築裡。供奉浪漫和遺忘。愛和甜蜜。學會優雅以及合適的輕薄。在您的唇和低脂肪的身體文本。摸索。獅子座渴望的連結。那些年。那些日子。帷幕玻璃。浴室。頂樓。城市空間的後現代。毛髮。單眼皮。瓜子臉。
像人工混血的調製。我們找到奢侈。幸福。

遇見愛情。遇見招搖過市的香奈兒五號。中山北路下游。
大量的謠言。下載。軟弱。像盲人的黑。我和我不斷的重組。拆離。喃喃有詞。那些失語症的「我愛您」。

●小劇場

光影。冷靜而荒謬
穿鑿在屋內裂縫中杜撰。附會
一枚小小典故
像侯麥掌鏡裡的純真意象
繼續拳養。或揮毫
那些迷人且偏執的瘦金體
在牆角慢慢推移。剝落
關於光。黑暗中慢慢崛起的孤獨

孤獨的存在

夜。不止一次的死亡
我。不止一次的還原
時間靜靜掏空
夢和骸骨。永恆存在
這小小世界。像屋內流放居所
我拾起一箋風月。重讀莒哈絲
在荒蕪空地的靜默
在文字對話的墜落邊境
我找禁區佔據裡的自己讀法
像小小筆尖。劃破血和孤獨
沒有主義。追逐頑強的抵抗
人與神的中間。虛實之間
要如何詮釋這傳誦中的生命
在廢墟秩序的底層
我聽到許多追逐的死亡和還原

有病

三則

①門診

身體傾斜的座標
填滿輕聲細語眉批
無常的排列

②急診室

時間脈搏的嘶鳴
我聽到胸口起伏波瀾
像狂草字行間的過境

③加護病房

瞳孔剩下一盞落日
眨眨眼
世界就暗了

● 療程

一杯咖啡。半碟輕食
多種平庸和一些些放逐
路口轉角遇見舒國治
文章典籍第七頁找到羅蘭巴特
整個下午。把自己還給自己
用主義贖回兌換老靈魂
以小小肌膚揮霍僕役的官能
一切簡化成不痛的癮
正反相生。讓猥褻成為信仰
方興未艾的巨大人生
施與受。有時很像手淫
脆弱美麗如夢的顏色
太陽公轉。我習慣清洗髒的時間
像被佔據的十七歲
風和詩是殘骸。吻是鹽
理想是一枚靜態動詞
讓海子懂得海子
朝向十三公里的沉默步行
一根菸。油滋滋的笑話
台北十七巷六號公寓
故事繼續發生。繼續結束
世界一直沒有道理
我一個人

一些小小遭遇九則

①
在我的遺址挖到眾多的孤獨
出土時間是每天的夜晚
不具人形和繁文辱節
勉強拼湊可以火化成三公克的靈魂

②
我在牆角讀尼采
太陽在屋頂酗酒慢舞
一個無聲抵達的某日午後
我們都成了片段

③
痛是白色的。痛是綠色的。
痛是黑色的。痛是黃色的。
痛是紅色的。痛是紫色的。
最後的最後。痛是無色的。

④
酒和放逐很像
一個人。一個世界
塞滿自己
一臉無邪的純粹
純粹到高過於死亡

⑤
劃亮一根小小火柴
把字句燒灼
故事裡就看見我們

⑥我夢見我在公路上奔馳
直到太陽褪色為止
我的夢終於誤竄到一枚月暈
沒有流血和傷痕
只有微微的灼熱
像吻一樣。很腐爛

⑦您在鏡子裡看見我
您趨步走近
後來。世界就黑暗下來

⑧跟隨我一輩子的影子
忽然鬧脾氣
它說它要躲在世界的裏面
讓我成為看不見的人

⑨粗黑體46級字粒
站在峯頂的頭條版
對準我們怒吼
您們。您們。您們。您們。
聲音彷彿是熟悉的哀鳴
這時。我撿起一快歪斜的社會版
用心的放回原位

之間

您極小的您
在時間的洩漏中
我截走光。黑暗降服
四方疆界的屋內
適合您流域且涉足風月
您擊舟滑落在逝者的自己
以泛起的手勢陳述存在和死亡
您美麗且傾吐的感傷填滿
年華倒影的頻頻梳爬
彷彿風彷彿雪無聲無滅的交疊
您皈依化身為一朵心念青蓮
您非您。您是史前被撞擊的火光
您在自己的島嶼凝定。告別
關於魂魄。關於救贖以及詩的昇華
您默認一切的因緣而輕盈而懸浮
像冰與火的熔岩靜止
您說永恆。永恆在錯過與不錯過之間

● 困境

我無以逃遁的僅僅一行人生
庸窄且受囿於識淺傷害
繞回索求揭示的遼敻靈魂
幾次越過崇山峻嶺的淒啼逗點
寫著無法成句的迢迢篇幅
於字海泅泳裡漂移。擱淺
於龐大語言叢林中迷障困惑
而燻焦僅存的黎明天色呀
引我向深窟裏外的光探詢
鐵砧鑄日。劍在胸膛血槽奔流
要如何去詠亮瘡口裡的回聲
鷹的高度。奇崛放遠的路
撲倒重門層層黑暗中的脊樑
寫我孤獨削髮隱匿的清明詩篇
在夕暮牆帆擺渡的汪海
滾動永恆美麗的眷顧辭藻

尋覓

尋覓您放逐身影
您在江海的沼澤
我捧著泊岸的木魚聲等候
來到水湄。黃昏的晚宋
魂魅裡有幾滴青血
放在十二月風雪。烘乾
然後覬覦我們前世的負載
應該是孤煙斷羽的片翅
像遲遲未歸的北方雁鳥
飛翔或者是另一種仰望句點

一行詩選讀

△雨聲在屋言下彈奏心律不整的安魂曲。

△流浪是流浪者的家。

△醫生診斷我的耳疾和我多年住在孟克家附近有關。

△在天空劃了一刀。天就亮了。

△您潮濕的句子。我擰不乾的哭聲。

△慾望卡在腎上腺的出入口。

△洗衣機裡的浪語。我聽到一首首的眾生和絃。

△太陽慢慢的在我瞳孔熄了燈。

△青衫袖口有一道通往後宮撫媚的小徑。

△風箏在浩瀚天空書寫一行行飛白的童年。

△滿天星星的動章掛在黑暗臂彎角落。

△落葉是心事的墳塚。

△在瘦金體軀殼裡看見宋朝漫漶老病的容顏。

△滑鼠不慎滑落海底。七死三傷。

△胸腹下游暴漲一尾不聽話的愛情。

△在鏡面後院看見許多的我和自己相遇。

△天際晝夜之間。我目睹太陽和月亮正悄悄的在舉行交接儀式。

△多年來。朱自清的背影爬滿厚厚時間青苔。

△夢的甜度。適合下酒。

△蟬咬住了夏天尾巴。忘情的高歌競鳴。

△炊煙潦草的字跡。像一帖多年失散的家書。

△越過彎曲條碼。有人正在尋找生活出口。

△我允許您扯謊。用小寫愛我

△魚從莊子的辯證中一躍而成為形上學問題。

△處世和買賣。很像政治。

△裊裊梵音拓印出一尊尊的菩薩。

△從海域到陸地。彩虹搭起世界最大的一座橋。

△青春像迷宮。忘了回家的路。

△左派一直藏匿在左心室。偶而會隱隱作痛。

△故鄉。永遠的祖國。

△心靈是身體廣場裡的一座教堂。

△詩。完成亂世中的安定。

△時間之後。我們都是贗品

莒哈絲的午後

十二月陽光。無岸抵達
半箋影子。靜靜的孤獨
窗外時局。有人吵雜
我一頁頁的詩不安定
斷句中您頑強的讀法
把我荒蕪人生一一叫喊
在最禁區的永恆存在
愛與死。誰留下這塊空地
給我靜默中的動盪

● 如夢令

輕夜浮眠。一卷風動時序
年華盛開。在水煙拋影裸露中
您嘆息獨舞飄零的錯過
小步呢喃。有則血濃纏綿線索
有落花泣泣成淚的沉吟
有空山研磨如慕如訴的梵音
還有我心底孤寂的春水胭脂
憑欄依窗。您千里崎嶇無垠的途徑
一疋青衣多媚的絕筆。跌渡而徘徊
擱淺。回眸成流光的驚鴻
像覆雪。我袖裡藏有的覺醒清明
等您對飲一壺月暈。召喚。歸位
句讀我們補綴的一些些人生
以及濃情偏愛的溫存註語
那些星光乍見的虛度暮色。眉眼蔓生
而您笑著沉溺這無處的杏花歸去
玉笙簫歌。一抹愁悵燃亮
有形或無形。一切瘖瘂失聲的指認
顛躓腳印。我們允許的復活贖罪
來世紅塵。您依然是我賦格裡的一闕身影

〈四號書房〉

持續出走。空無房間
一個人。世界靜靜的陳述
發生和存封的支配
身旁沒有故事。旁註
主體與靈魂逐次淡出
動靜遺漏。一頁頁逃脫的興亡

屋內黑暗。頭顱挨近歷史
許多聖哲。許多學理以及抵達
一句句崎嶇而失蹤而拋置

閱讀。光和一生的細碎
撲撲追逐思緒出歧的喧嘩
像版本。梳理爬行對與錯
像回音。腳印跌仆過的羽翼
剩下紙片。斷續。以及書寫裡的浩瀚
方寸疆土。我學會脆弱和多病

● 星期天

睡著的哲學的鼻鼾聲不斷暴漲
踩在風花雪月的裙擺之間
焊接的慾望自言自語蒸發
一個婦人溺死在星期夜晚的高潮
生活裡所有事件被烙印成編年史
像晴天太陽大聲喧嘩的激情
我要一朵帶刺的玫瑰和久久失傳的吻
在熟悉的唇音打聽深鎖凝練的消息
像潛入記憶裡的一行詩
我習慣以逆光背影寫下有霧的詞量
甚至揮霍過高的曠野情節
醒著的鞋印記載龐大留下的時間
整條街燙傷昨夜攀升的魂魄
清晨日光從手錶游出一箋優雅面容
雲低低的越過我微老額頭
陽台風景適合寫信給遠方的情人
三明治和咖啡斟滿莊周夢蝶囈語
像是一窗呢喃細雨中的章回燎原
獨自命名獨自細嚼獨自咳出一個春天
沿著躺平而頹廢的淹沒身體面積
去搜尋循經成形且飽滿的人生編寫

以後

60歲。剛剛一甲子的堆砌
輕輕滑過。唯心又唯物
繞著自己的縮寫填補。迷路的步伐
長途跋涉的人生高度
學會微笑和合掌的緘默
60歲。有些傾斜。有些躺成腫脹的安靜
像詩經。有時間湧出生死節奏的指數
窄小的位置。看見裂縫的天空
聽見有人喊我的名字。爬上爬下
途經人間烙印的郵戳
有一段悉心書寫的囈語

知道進退。知道肉身塵埃的無常
或許應該停駐腳步。看看這世界
撫摸那些過往哀樂
以及失眠裡來回的夢境
等候合身穿戴的老去
或許應該學習豪飲。學習年少
聽聽小徑落葉裡的踉蹌詩詞
60歲。眉批不慎的行數
撒下的都是命名沙啞的逗點
輪迴還在。擱在風雨的路還要走
繼續攀爬。信仰總是一屢輕煙
從不曾後悔的那些瀰漫冷冽。暗傷
像履行者。站在陽台競看春花秋月
60歲了。還有些詩句未寫完
還有一瓶酒未喝完
晴朗的胸膛。適合轉身
慢慢蒸騰的日子。像我們日落前的散步
哼哼自己的歌。相信雪是一道可以矜持的佐餐
60歲以後。一切足以想要的都是小小破碎的安祥
那些峯頂上種種的迴旋落定
在60歲以後

● 耳語

有一種耳語
透明而酥甜
叨叨絮絮的
說著不停的叮嚀
吃飯。睡覺。上學
像流水般的流過耳畔
搔癢又高亢
宛如輕歌旋律
撫著愛的使喚
把一生的話都說完了

遊民

一顆顆頭顱
落單的掛在長椅斜坡
頹然而躺的脫序堆砌
在距離政府最近的廣場
失重且潦草身世
像一具具被沖刷的河床亂石
招展在社會版裡的懸崖姿勢
盤根而蔓延
朝向編列的明天
朝向暴風雨行過的乾裂牌坊

● 永生

識或不識。年華隱約逐老的錯愕
想這遍地沉定的凋零。失語
深邃的哀鳴。我聽見冷。聽見您孤寂的湛湛
有風雨哭號的天問。人生節奏交纏
眾生沉默。時間佔領蒼茫滲透
生死排列。如此穿越無言峯頂
您揣臆這般荒蕪的抵達。容顏如月
情困暗影。您留在廢墟疼痛的鞭笞上
火與劍。溫煦記事的辨證攜手
我們洞悉永恆存滅許諾。在血的底淵
我們預知無明黑暗的耗損漂流
愛和孤獨。像罌粟腥紅的焚燒
像某些抽象倨傲的神話
您覆誦不斷湧現的憧憬和受苦
彷彿甦醒的生靈。擁抱告解
自宿命王朝。敲落沉埋的千古
輕輕流放。我們虔誠的浩瀚回音

觀雪

雪地。一身白茫
舒展而盪開光影
仿若青瓷。仿若合聲滴漏的笑聲
有一座危崖故事崩洩
如此我放心迷路於美麗的情節
在街燈昏暗的垂直潛行
以雪點亮幽暗霜鬢銀光
沿著身體放鬆的角度滑衝
並且隱沒在冷的骨架繽紛中
聽滿天譜動喧嘩飛絮
聽沙沙作響玩世弦律
這是一齣被默許的魂魄風景
意象錯落。韻緻鋪陳
如同我隨興撩撥的手稿
滲入夢境。可以收藏

● 傷韻

以年少譜成的繽紛俳句
在花間腰際總有一首婉約的歌
自遼闊美麗的魂魄走失
彷彿默許回首是可以狂癲

以歲月構築的身軀
曲躬間錯落一枚夕日
自危崖臉龐驟然滑落
像黃昏音階裡的微微衰弱

於是我沉浸於合聲的記載
忘記日月醞釀的隱沒老去
在抬頭望去的緩緩應答中
我已懂得催生急促的忍痛

四號 月台

空位。避世的淨土
您走遠的座標。靠窗十四號
在汽笛中途休止
小聲無息。您身後的天涯
寂寥。有如一枚心跳的潮汐

或許。我該遠眺
看看自己的風景
那些愛情神話裡的體溫
將冷。您終點渺茫的埋伏
怎樣才能抵達我們美麗構築的繼續

您流放的姿勢
決裂像沙漠敘述中的荒原
唱著噩夢寂寞的歌
在時間倒轉迷藏裡
風雨纏住。那些熟悉乾燥的唇音

月台。背影纍纍的部首
我們沾濕的名字變老
結霜對白。如我初稿裸身的翻騰
記載遼闊的崩塌。揮霍
在我們胸膛垂懸高度的秘密出口

● 病症密碼

日落前我意識我的存在
一房子的叫囂和幽魂探訪
穿過黑雨暗流的洗劫
像引擎駕馭動搖的靶中靈魂
自迷徑叢林磨破一臉無主的章節
三兩句魂魄包圍堅殼的軀體
持續運轉。深不可側的洞窟纏縛
沒有日晴的草原和可親的故事
傾身還原如囚者。在囚內
我以舌尖發音。我以捷徑問路
而時速卻是緩緩的回答
像空白的黃昏。留下分歧的囈語
我踱步在敘事來回紛擾的世界
留下身影。草本植物般的潮濕和軟弱
以及眾多爪牙的干擾和攔阻
在胸口岸邊。在肢體下身默默的騷動
像最壞的異議份子。試著攻略。破壞
抵達的精靈門。旌旗佈覆

佔據額髮以及肥大的頭顱
時間準時計算著潮汐。日與夜的頻率
碰觸且有鋸齒狀的恐怖
那些如神諭腳指的踐踏
繞過客廳和腦下腺的矮牆殘垣
彷彿野貓貪婪著月光的飢餓
不可預知的遠方謎底深處
我滾動全能而無知的身體
朝著黃昏到達的黑夜前進
方向擱淺在墜落的圓周率
像哽咽的天使哼著走調的無伴奏老歌
自落單的途中繼續盤旋
疲倦的肩膀。命運的浸泡
一顆顆藥丸書寫龐大而浮沉的存活
如博物館住所。毛毛蟲的家
我終究看見轉身的困境
像瀑布宣洩。在沉默的日落中
閉上眼睛。頑固的。頑固的一面鏡子
流淌腫脹的安靜

邊境字句 九則

①悲歡。榮辱。一生行旅。您不確定的歲月。您讀過的楚浮。伯格曼。您想問自己。遠方是什麼。存在是什麼。您靜靜留在孤獨中。猶若細讀一朵曼陀羅。小小的自在。

②酒和下午。出沒的孤寂。好聽的沉默。我和我。耽美而受苦。蒼茫亂世。誰是十字架裡的原罪。文學。宿命。

③燈火吹滅。暮色。黑。我摸到三島由紀夫的夜晚。

④您在屋內旅行。閱讀邊境。北島。屈原。海子。風雨山川的近景。人文。物種以及俗世愛恨。那些穿越時空的昭亮。深邃迷茫。黑暗裡。您開始寫詩

⑤字句有聲。呼嘯而過的書頁。魂魄微藍。您的生命。您的歷史。關山越嶺。天地壯闊。誰啣下滄桑歷盡的心扉。聽聽。一盞燭火的描摹。應答。

⑥結緣。城市裡的擾擾。萬水映月。虛實幻滅。我撈起一壺的空無。蟬和蝶吭。

⑦冬日。暖陽。一束桔梗花。影子和酩醉。耳畔漾然的迴盪。水聲似無。生與死。那人築起自己的碑坊。

⑧您可以放下。這裡有您合身的孤獨。這裡沒有歲月。沒有主義。沒有政府。您可以任意的填滿自己。

⑨枯筆。春秋寒暑。揮毫波瀾。風景故土。江岸飛白。輕緩迷路。我是世事煙雲外的一滴霜露。不懂人生敬意。不懂多情靜美。這番大氣的神啟。畫。收留了我。此刻像告解。像淨土。像終極的救贖。

●憂鬱症3號

星期四。午後很髒
動盪徘徊的潛意識
在輪迴秘境抽離。轉空
像一尾滿月裡的小蛇
懸空而凝固成抗拒
入魔情緒節奏窒息
胸口滿溢旌旗
像散落的生命碎片
在抽屜擺放傾斜記憶
諸神無處的安置
無處言歡。無處擦拭疲累
橫臥。內心降臨的緘默
彷彿一頭象。胖胖的圓弧
那些失眠鬆手的夢如病老滑去

我看見我的狹窄分裂
像潮汐裡的字句圍繞深淵
在屋內眾多席捲的風暴時間
十六點三十分。一房一廳緩緩踱步
陽台掉下來的影子。有血
世界隔壁唯心又唯物
風乾的軟弱。耗盡空白
無題口沫。行徑來回的出路
我只聽見小小麋鹿的腳步聲
自蒸騰的午後悄悄表述

小詩句

五則

①誰把薄衫鑲滿風雨
一路都是襤褸動盪
那人病了。那人亂筆章法的側寫
像瘦金體。藏拙倒影
有一則雪釀的辛苦

②秋色臨水。落花踏去
您放遠的行旅呀
遲遲有朵枯蓮回音
那悲喜。敲著淚水紛飛

③遼闊海界譯成了心經
您懸崖裡的波浪好景
慢也要慢慢琢磨一擊的天空

④聽見您夢的脈搏
吱吱唔唔談著肥大的歷史

⑤等待果陀。您是焚身的一隻鷹

缺席

散文詩

•七點二十九分早餐時間：

依您的名字圖樣。我排列二千五百種範本。並且遵照陽光。邏輯。鐘聲以及真理。在七點半的餐桌方圓內。再向外延伸一個海洋寬度。以凝視您的指尖。臉龐和愛。稱呼我們燃燒的彩虹。像恩寵的笑。唇印和夜夜磨損的身體。越過原野。山海。心的召喚。墜向天國。那些圍繞嘴唇的音調。小小關鍵詞。說著無底空間下沉的慾望。最遠也是最近。我們抵達許多的暗夜。慈悲體溫。最美的信仰。我們努力拉開這個黑漆的世界。熠熠的光。從門隙誕生。我。看見一種儀式。彷彿您給我的禮物。像餐盤內盛滿的光。明亮。飽滿。

•下午2點24分咖啡時間：

我習慣埋在人群舞台。小丑或做為一個小小配角。如您小小字母裡的謙虛筆劃。我習慣自一朵雲絮臉頰想像您孤傲靈魂。一如我在人世孤獨狹縫中列印您的滄桑。撫傷。愛。半是半非的世途奔野。您是您。我是我。日子裡的模式。深層冷冽。被敲響的是生硬。服從。謊言以及無限空間的承受。我彷彿聽見今日或明天不斷的馳離。不斷的反芻我們的名字。如果您是水。如果您是浮萍。如果您願意成為我的護身符。我魂魄將化為塵埃。吻著您冷冷的灰燼。像一朵玫瑰。柔軟的蓓蕾。載浮載沉。在午後淡淡的咖啡裡。圍著圓。圓心漫開您的身影。您的隸屬。您的疆界。在一杯今世倒影的距離中。跨越。依偎。

•八點四十分晚餐時間：

火燭與黃昏的搖曳密碼。森林和月光。我聽到鐘聲晚禱的漂流。像一串散落手中的文字。空白。無中生有的幸福。有我們耽溺花叢迷醉的音律。彷彿熟悉的味道。在唇齒留香的愛情。九號餐。突尼西亞紅酒以及您琥珀色的背脊。承載閃爍故事裡的喃喃細語。您來了又走。腳履輕步像一首詩。寫在我們共同下雪的負荷。曾經戀人。曾經耗盡自己的人。我們誤入情愛墳丘。歌誦千年永恆的狂喜。世事讓步。人生讓步。風霜雨露讓步。而一切美麗假設卻輸給現實。現實嵌金鍍銀。光耀閃爍。終究化做塵泥。此時巨大的夜。烈酒。簡訊。想念。老舊街道。咽喉裡的迴流隱喻。十一月。沒有戀人。沒有祖國。埋下的心。陌生。害怕。

獨白

秋境南遷。一隅國界荒蕪
彼時我們在矯情的意念爬行
天地興亡。多情徘徊的句子
刪節號曲折迫近。綻放的心
我們愛上蜷伏無從抵禦的慾望
愛上掌紋流失後重讀的典故
我們握緊虛弱。安撫等候
為自己墾植。存儲
像鏡中認養沉默的自己
時晴時雨。您檢拾血脈過往
我試著火煉披塑
在故事尾端添加半闔的眼眸
為這厚厚堆砌的青苔情愛
捺熄。一盞晚燈青衣
暗暗點閱我們共同伏疏的日子
甚至放牧一冊如海子的潛泳

如神祇以及世紀渴求的新詞
為您修辭這疲憊的顛仆世界
去處隱晦。是誰複沓我們流洩的水聲
喃喃著。適度的冷與熱
讓靈魂跌進彼此發潮的身體
此刻一切的意義漂白
如當初您繁華滲漏後的遺霜
孤絕。用火煨著穿梭來去的倒影
述說落葉與落髮之間的年紀栽植
為誰閃爍。我們必要的陽光和愛和眺望
留下月暈。夢和合唱時間
擺好巨大翅羽。神秘的節奏
試著模仿您的足履。活物
翻閱永恆。格言以及死亡
在您逢生距離的近處
我於害病濕溽的蠕蠕九月
投入決裂爪痕指向的囈語夢境
回首尋蹤。終於逐一捕食我們的狂野
那些無眠無淚的睽別
那些與孤獨等量的遭遇緣分

傾斜的明天

甦醒曙光滴漏在無端的征伐
世界臃腫而巨大的負載奔馳
您開始一天生計的攀爬和演算
日子坑坑洞洞的滴濺和淹沒
生命日夜運轉在跌失以及還原之間
您被時間擱淺的一枚笑容在鏡前衰老
歷史永遠超越滿目瘡痍的人世肉身
您在一頓晚餐後就惶惶等候明天的編列
您害怕終其一生都在肥沃泡沫吹皺一池身影
那些政府玩弄的經濟數字過於炫麗偽飾
燈火高處您看見一張張泥濘的臉
您們走走停停進駐黑暗洞窟邊際
彷彿偏離軌道的日月
您在清晨目睹城市遊民如一堆屠宰場
您在暗夜看見一擲千金的都會揮霍和虛晃
社會正義無聲無息吞沒我們的理想
建構的愛和希望失去座標
此刻銅幣腐蝕著模糊未來
您是石縫掙活中的一株小草
步伐疲憊聽著歲月低低詠調
在三餐碗底輕輕舔過的滄桑

● 小人

讀離騷哭。讀出師表哭。讀紅樓夢哭。讀胡蘭成哭。

讀日日夜夜的自己。啊。不哭。

怎生一個無字可得。無成。無器。無我。無一可用。

貪人間。圖日子。求狂妄。學烏有。

句下無句。篇幅無篇。畫中無畫。字裡無字

胸袒堆砌。盡是俗世啜飲裡的寒傖。

書寫情境的回音 六則

①無言書寫。生命高低裡的最初
猶如弧圓刻劃中深邃的紛擾
那襤褸墨跡沉沉側寫。流迴與蒼茫
泛著額髮接壤的冰火邊境
您高擎雪釀的光在暗房潛泅。覓失

②對飲動盪影子。時間歸零
像詩像無言狀的字字敵對
像受苦土地追索衝擊的理想
用力拋擲那些燙傷多年的喧囔
異議和真理。您永恆的孤獨信仰

③讀薩依德和三島由紀夫是同樣的風景
那鏡頭裡的哭笑掩埋著霜雪
虛構與真實。我們一路往人生走下去
有時昂首有時沉默。天就亮了
您執筆之手在一場對錯論證找答案

④手抄本一頁頁行旅的鄉愁
耗損和承擔。愚痴而執著的悲壯
長年紛爭的篇牘試圖挖空心腑

在剎那閃亮的告示。呈露
您完成旁人笑謔裡的一則則典故

⑤文學激情。真摯與滄桑之間
誰動用生命成枯骨
那些眼瞳升火燃燒的蝶翼落筆
像步履過往的記事。校對
您留下伏案折損的隱忍參與

⑥黑夜私密。光和小小的遺世獨立
美好創作在脆弱的世界裏面
承載筆墨囚禁裡的體制
穿越永晝。煉塑淚水詩句
您在無助落籍角落耕植殘喘的人生教諭

散文筆記 九則

①敲碎的音符。是您雪中動盪走回來的嘆息
滑落的世事。是您千瘡百孔補丁的承載
杯酒沉澱的夜。是您悄然投下的孤獨療癒

②光影在百葉窗切成漾漾水波
您玩著時間擺渡。戳破夢境
攪進來的現實。醜陋和異化
您繳不出房租。電話貴。您無言。您有立體的累

③眾生詞彙纖維裡
找不到您潔淨投身的命名
容我以世界滂沱的夜雨旁註
您懸著的黑夜。有一整排的瞳孔
正穿過灼灼傷口的人生表層
召喚。雪與火的今世體溫

④每個人都有自己的故事
故事裡有光有黑暗
您在找適合的用語填寫自己
有時偽裝。捏造。甚至美化
那些生命不斷變化的狀態
您一句一句艱辛的把自己講完

⑤抽菸。是一種計時付費的寧靜治療
寫作。是一種剝開荒僻靈魂的私密治療。

⑥屋內堆滿漲潮時間
您躺在容身的海平面
寫詩。並且端詳歲月在牆垣上的冒犯
斑斑的馴服。生與滅

⑦臨鏡。您老臉庫存裡的滄桑。灰白。陳舊
您只能投靠細雕細琢的妝容
美麗但脆弱
您還是您
褪色繁華。還給歷史

⑧一天二十四小時。您最少死亡三次
您睡覺。您做愛。您應酬
您在許多歡悅與無知中的皮肉裡誕生和死亡
一年很短。一天很長
您在每天的死亡中砌築一座座的廢墟

⑨灼熱愛情和酒一樣
搖晃的身體。像剛出爐的搖滾
旋律無法守住唇音。乾燥的流淌
您撥弄斷弦。沒有文法。沒有詞意
您沿著拍打的空酒瓶找節奏
就像昨夜我說過的「我愛您」

九十年代

摸一摸自己的臉
國家忽然變成和我一樣
多年來的斑點愈來愈多
有些老朽而不堪的未來
像黯啞歪斜的字句
愈來愈看不清楚蒼茫的語意
整張失色且枯澀容顏
懸滿貪婪吹噓的粉飾
許多主義和政策的瘟瘼崩壞了五官的美好
稍稍咳嗽就折痛全身肋骨
像隔壁失業多年的老王
把政府問題當做五彩糖衣的藥丸吞下去
忘記應該去研究病理學腫大的風暴

揮毫

借用字魂的委婉多情
在所有部首的骨架和身姿之間
輕娜羽翼般的招展風華
懸腕且轉折如無摺的輪迴
我慣用頓挫波礫的從容
輕輕研磨一池的飛揚
或隨風旖旎的起伏飄逸
或落筆峯頂中的狂宕恣意
如破墨背脊的飛白。空著蟬聲
梵煙和酣舞的波浪靜脈
像永字八法借喻的擬定和膽識
忽躍忽歇。極簡美學對應
純然動靜。一種素娟的潔癖和沉默
險險而立於意念轉換之際
無生無滅。那多層次的飽醺韻律
彷彿化身一枚臨風棲雨的孤蝶
在雲端。在最初抄寫的賦格揮毫中
如此情愫的拓印苦釀
像無邊無形無我的昇華。召喚
一個字一個字的永生皈依

聲・音

商禽。海子呢
世紀末的最後一滴血
詩人用舌頭熬出字句
潑灑在牢獄的出入口
他們不斷揮霍自己的名字
想告訴世人。世人呀
您們踐踏上去的都是孤獨的聲音
您們聽到的只是一種撞擊
以及傷癒過的宿命漂泊

▲時序

①台北角落
幕棉花爆開了
像燃燒的火
閃閃話題
在生滅之間喃喃自語

②銳利的冷
刪減著人的行址
整條街
瘦成下墜的柳體
如同押韻挖空還原的靜默

那年那夜。一幢人的故事
夢想和發生。您是沼澤浮世裡的一朵笑荷
低音傳唱的深淵。水脈輕描
有銀鈴敲響清脆韻腳
一雙瞳仁解開的華麗苦吟
您冷冷詩句出鞘在我凝血扉頁
揮毫熟悉的一池狂草飄零
像逐字讀詠您衣冠盈盈的潮汐
吞沒如王國迷路的遷徙
在苦苦顛沛中錯落狹仄的回聲
我總是脆弱著不知如何收拾您髮稍埋名的沉默
一如恢恢蒼宇。啟奏我昏瞅的心
湧生噴張血脈附骨的萎頓
是您充滿掠奪的溫馴以及施捨
就像室內擺放浸泡過的您的體溫
綻放胭脂。激情竄起
這是殘生殘念裡的唯一航圖驅使
而大局風雨的頑強和遭遇跋扈
我們豢養的愛情瓣瓣剝蝕。招降
像落花種子灑在逃遁的大荒陷溺裡
我們迎風跋涉。在拘謹斷垣的峰頂
閱讀垂柳撥弄的晚霞。吻和意淫
關於彼此移近的胸次燃灼
體腔蒸釀。在搖晃投擲的生生距離
那些我們曾經摺疊的繾綣世界和闖入
已然成為一座靜靜聆聽的碑坊

小詩

兩首

①屋簷雨聲。叫嚷的動詞
渾然語病的沉吟
像無法成章成篇的音節
一撇一勾的爬行。蠕動
彷彿被敲破的童年
在島嶼灼傷的靜靜夜晚
許多步履從平平仄仄的歷史走回來

②弓背成行的軀身
左斜又傾。六十年的刀法
時間在虛位耗盡磨損
頭顱與肢骨的峭壁
青苔記事。一生裂縫的志業
細火慢燉的風雨
我聽得一枚稍息的心
在人世縱橫的脈絡。笑了起來

在國與國 之間

字句裡。黑暗的
在小寫輪廓的疆界摸索
我們動用注音。註解前進
在窄小的教室以及考卷
像尋找一座村落。甚至如我活著的住所
正正方方。彷彿國家那種長相
我們久居裏面。生老病死

老師說。這就是國家。這就是一個世代
但我無法苟同確認
因為我們沒有真正被認定的國家名份
像符碼。像一個圖騰。在海上漂浮
多年來。我們力爭主權的獨立
實踐土地。人民。政府的民主約定
多年來。課本告訴我們。我們有五千多年的歷史文化
還有山河。長江和萬里長城
偉大的祖國。陌生的語彙
那些失語唇音。承載生存的藉口
我們膜拜熟稔的虛無。夢境的神祉
那些不存在的地域。海洋以及空洞的名詞

轉身距離。我們退居海島
寄宿歷史交替的福爾摩沙
開荒墾植。奠定家園
跋涉盛世裡的弔詭風雲
奔騰奮發。我們形型自己的榮耀富庶
美麗與哀愁。百年歲月的血緣紛爭
從激盪到輕緩
我們洗滌重生。在這小小島上

名不正。言不順。島國宿命的駕馭
於強權霸凌的殺機背後
我們委身尋求法外尊嚴
如此崢嶸的落寞。如此披星載月的委全
啊。台灣。您是海域小島或是一個主權國家

字句裡。黑暗的。
在小寫輪廓的疆界摸索
我們動用注音。註解前進
汗馬功勞的語彙位置
我們馳騁在非島非國的狀態
所謂的國家。如此的遮遮掩掩
如此的蹉跎春秋。如此的御用角色
民國台灣。啊。沉重的生存假設

您是這裡明天的主人

①這裡偶而有光。笑聲很少
一屋子飽和著強悍的寂寞
主人不在。這裡沒有生活制約
剩下是對自己溫柔的善待
您可以自私佔有快樂或隨興烙印夢想
這裡。沒有人會跟您議論哲學或奢華愛情
這裡。供奉善意和寬容
請享用這裡的簡單和放肆

②不止是一杯咖啡
您必須還要有一份寧靜的心
放下濃稠調製的繾綣人間
回歸容易的依靠
去聆聽自己。一個人
在眾聲喧嘩裡懂得沉默
懂得以優雅和奢侈的姿勢
讀一本書或寫一首詩
讓自己年輕起來

③給我一些些的遺忘
那些催繳的水電費和無序的牽念
在時間不斷逼迫之前
我想要逃遁或遺忘

譬如自戀。譬如不加芥末的三明治
譬如被干擾的卡謬式的人生跳接
我們真的很不想對理性世界提出辯解
直覺就好。把名字灑在窗影上
把三兩句吟哦植入無伴奏的孤獨旋律
把嘆息款款的畫出來
把海尼根塗抹在節節激昂的腎上腺
啊。直覺就好
我已足夠高興一天了

④往半徑的後方直走
繞信義路迴轉再循城市軸心停泊
我想去買一個飽滿情緒的蛋糕
但忘了預約和地址
繼續找適合的方向前進
東經一百二十七度細節
在落日南方的陸地門牌145號
不期而遇的一座孤島
離海平面很近。離我們的心更近
除了蛋糕。還有好聽的浪聲細語
彷彿我們熟悉的故事
伸展著無聲的情節

● 攜手

臉上放晴
綻放的心朵朵像彩虹
意識靜靜拍動未熄的感知
我們的語系含有甜份
聽說九月秋眠您會醒來
斜陽迴廊已有緩緩足音
如此用心聽您敲響和回憶
像我們劈開雲雨的囈語繁複
像越過窮山惡水的峻嶺崩壁
時間流洩彷彿出軌
叨叨絮絮佈滿青苔心事
而您還在山嵐傾覆的遠方
一程又一程的雜沓驚醒
此刻我忙於梳洗忙於等候
此刻彼此只隔一方心跳的金鳴
想像在我柔軟的床第閃爍靜電火花
夢與眼眸的翻越距離
如您飽和且有層次的身體
由遠而近由近而遠
我們估量嵌近潮聲海吶的浸潤
一公頃無心的戲謔
最初最終如浪花戲水推移
我們並肩投宿的愛情棲落

● 二行詩句讀

1.揮毫

禿筆淡墨的裸露

我聽到一場下雪的落款

2.貸款

今天借給明天

所有利息都給了以後

3.網友

低於海平面的視窗

有人從漲潮岸邊失蹤

4.鑰匙

我們交換密碼

直達諸神的旨意

5.平底鍋

我們的溫飽

只能到腹部的一半

6.秋天

風在窗口刮傷我的心事

一屋子都是刪節號

7.吻

輕輕研磨您舌的松脂

我們揮就一帖混沌八法

8.老年

擁擠的生平

蹲下來就看見這世界

9.上帝

空著的酒瓶

像修女昨夜的晚禱

10.男女

關於男女問題

很像精算師彎腰的姿勢

11.詩人

海拔四千公尺的部首

我聽到融雪字句

12.月臺票

時間的出入口

平平仄仄的人生舞步

13.哲學家

隔壁老伯的咳嗽聲
夾帶大量的詩詞魂魄

14.鏡子

反覆無常的時間
停泊未亡人的浩劫

15.讀報

一排坍塌剝落的黑體字
像昨天建築師砌造的豪宅

16.政治

我是充氣娃娃
我善於裸露和表演

17.旅行箱

流浪者的家
裝備國籍出入證

18.洗衣機

我們共同的天體營
潔癖症的診療室

19.枕頭

把夢墊高
就可以和佛洛伊德對話

20.烤箱

整年都是夏季
我們在陽台等今年第一道烏雲

21.雕像

終年都是一個姿勢
包括真理與沉默

22.名片

三行的身世
承載一生的重量

索隱

您以殘缺的部首示愛
無言。在借喻和符號的等距搜索
那些荒山遍野的字魂。像流言
像心的黑洞填塞迫近的思念
像編列的愛以及虛幻的聚散因緣
我們都是留不住的風雲煙嵐
沉默與告白。更多的是落雁重疊的指紋呼喚
戀人。是隱喻的部落和不著邊際的繁花湧動
我們紋飾禁忌的圖騰
在瞞住的眼睛荒郊之外
聽諸神的詛咒
聽時間召喚的劫起
我們偏離軌道繼續失速航行
像一枚逐步蒼老的沉月。沉下去
無聲無息燒灼自己的疲憊。自己的夢境
您不再是您。您是草木虛胖的流質
或者是風。旁註。或模糊的偏峯
或存在和不存在之間。漫開
紅塵懸浮。您幽冥中有隱匿
為我們血肉的完成。崩解迴盪賦格
並且隔著世界的彎曲堆砌掌心的允諾
融化。魂魄的安息

啊。您以殘缺的部首示愛
我的懸崖。我的搜索。我的無言

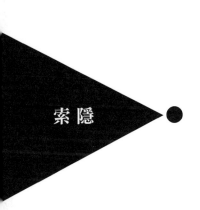

進化論

您潦草的埋下愛情種耔
不經解構和告解以及貞操的聖諭
靈魂向下。您病著索求的婆娑世界
您是小說隱形裡的飽滿人形
體積美絕而渾圓濃縮
四肢攀援。吸附。大腦著床反射
一如月光在眾星暗夜發熱
愛慾。如蠱如酒如非宗教儀式狂熱佈道
在脆弱信仰的腎上腺區域
任意繁衍和昏昧的排泄
以及筆直的巡弋。在肉身櫥窗遍佈恩寵裡
您銜著發酵且漲滿性的展示
在身體藍圖描繪足以豐饒的地形
經由振翅而輝煌而獵取哺啄
以及在一切指涉棲息的角落裡
暗暗的綻開和鬆弛
像一枚開罐器的拔起。生死契闊
燙金的爪痕以及絕對的主體性
您移植我如移植一排排的防風林
在深夜。如蜉蝣幻境
退化官能一切所有的聖潔禮教
於逐漸失焦瞳孔中。大規模搜尋
頭顱為鉢。胸腹為器
裸露天地榮耀的炯炯軀體
像引擎。像馴養的獸
人間好景。我們催眠且進化

●生活隨記兩則

①晨光入室的窗影
閃梭亂絮一排昨天
像孤島。一具具操演生活口舌的桌面
說著油膩膩的真理販賣
填塞如日夜浮出水面的風景

②一大片背脊如落地窗嘹喨
那女子。那束髮自想像中沖刷而下
那瀑布在險峻與華麗間
淹埋我動彈不得的整個午後

五行詩

三帖

① 鏡中答問

您一字一字裡的深淵
我試圖找到自己的讀法
在懸崖的母音裡
聽您娓娓道來的荒蕪

② 風雨明滅

一行詩走過
我聽見孤獨的叫喊
在荒漠界外
沉吟今生頑強的緘默

③ 月光角落

您沉沉漫行的身後
彷彿一箋典籍校對展示
那些小小句點困境的回應
如我置身受苦的流放

遭遇

巷子舊得像陳年抹布
更像台北最後的一截尾腸
頑強的沉默有強大的卑屈鄙視
連笑聲都是潦草疏離的遭遇
這裡四層公寓收納許多被歲月報廢的老生命
這裡的語言形狀都是液體的
這裡的人生鋪張著粗獷風格的巴洛克
這裡有祖胸露骨刺著蜂巢般的「反共抗俄」字跡
一次一公分的仇和恨烙在時代錯誤邊緣
我彷彿聽見時間嘔出來的腐味和拆解
整間屋內剩下憤怒和呻吟
美麗謊言以及癱瘓舊夢統治著他們
八十七歲的老王喧喧嚷嚷不完的戰事懊喪

像一齣被囚禁在體腔內的發霉故事
沒有詞彙沒有旁白沒有記取可讀的頌揚
全身和國家扭曲成一部化膿的近代史
他們在逃亡戮刺中遺失青春和未來
未來是七坪大的石灰樓房棲居安置
這裡的生生死死都是酸楚的兒戲
老王緩緩的擺盪著他被攻陷的身體步伐
蹲在陽台恍若城市櫥窗外的一頭獸
認命而呆漠的眼光直直在夜幕發亮
像手上抖著的長壽菸薄薄的燒起來
直到更大的悲劇收拾掩埋
直到歲月靜靜磨成無聲無息的斑駁

沉默的爭辯

試著以秋韻為輓歌
隨興唱給自己聽
以時間為軸的惘惘刪節
修剪。砍伐而疲於眺望
就如遍地黃花愛上徘徊。矯情
枝頭蓄髮飛揚。踱步和湮滅
我如何捺熄空曠邊際裡的綻放
一盞顛仆黃日。遠方
我如何以一葉知秋安撫這寂寞
彼時。誰能指認死亡不斷的發生
在世界的左邊以及我的胸口
一座碑一座碑的頹廢和興造
時序很好。卻已傾斜
哭和笑。恍神之間我們已在各自的波濤
巨大的問。疾病窺伺的人生挖掘
以及內心秩序療傷的撕裂
像落葉述說無法無助逢生的遭遇
一切意義。生滅榮枯
屬於青春或光耀艷羨的扶疏
我們終究成為水紋波動溢出
如此天命供養和順從
這美其名真理的告示
叫我如何在黑暗虛無中覓尋飢餓光源
我們自言自語。一株欒花的憔悴
駐足成為歸鄉的風景
陽光和季節。十一月讓路的仰望
我們泅泳。漂浮越過沉默的爭辯

抵達

您一枚胸口橫臥
像凝固相擁的懸崖
在蜿蜒山脈
我們用失衡的眼眸計量
那些混濁微光字句
彷彿花季慵懶的翅膀
隔著夢以及想像
方向朝您
沿著唇與舌緩緩攀行

時間●私處

①1969年：看見一半的自己。書讀不多。逛過唐山書店。沒有職業

②1971年：走過一個愛慕者的身旁。社會主義。左傾。他習慣抽雪茄。習慣用沉默餵我。

③1979年：怕老。在咖啡館閱覽大批不同的自己

④2005年：夢中打呼。虛實之間。三餐和三餐之間。燒餅和咖啡之間。一切靜好。卡在腳趾內的拖鞋。走起路來忽然寬闊起來。

⑤1977年：從重慶南路一段到牯嶺街的那些禁書。我聽見雪在火堆裡哭泣。夜夜。有人臉龐黥上太陽。

⑥1987年：吃飯。上廁所。睡覺。平凡生活裡發現偉大。

⑦1992年：在酒吧醃了一甕心事。準備給今年最冷的冬季下酒。

⑧2006年：開始寫幕誌文。忘了有句點。

⑨1988年：在書房裡和出走的蘇格拉底相遇。行囊剩下一行的周夢蝶。日子的轉角處都是表現主義。

⑩2000年：陽台上捧著月亮。

⑪1994年：在51歲的故鄉。碰見許多脊椎側彎的童年。

⑫1890年：肝功能指數略高。有香港腳。每天固定讀三家報紙副刊和過期文學雜誌。談談天氣和隔壁老王的遭遇。

⑬1972年：讀羅素。讀巴爾札克。讀北島。像遼闊中的旅行。在黑夜引燃一擊晴天。

備忘錄

①三月。驚雷
雨和心跳的摩擦
窗口填滿風景。更遠的
一齣小小的離騷
在流言空無中放逐
那些人間取悅的迷路
唧走句讀。遷徙的詠調
時間單薄的蔓延。潮濕
紅塵裡都是驚濤拍岸的負載
像輪迴。細微的復沓
像一疋歲月的斟酌。滲透
這魂魄往返的備忘錄

②八月。招展
風的衣襟有潦草筆劃回聲
叢叢芒花有白色飛揚的賦格
彷彿聲聲慢。彷彿人間詞話裡的浮水印
我聽見出關越嶺的輕履
悄悄在我們故事裡告別
像最初。覆誦癡情的等候
那些未屬名的病苦和存在
您裸露大片寂寞。一介肉身
在行草狂宕恣意的泥濘裡奔馳
離離風月。傾聽回答
無損無增我們遲遲的聚散因緣

流行絮語錄

①男人和女人使用的動詞和形容詞絕對和客觀的陳述不一樣。他們都在努力的表現各自不同的位階和隱私權。

②服裝的血緣脈絡介於遮身和美學之間。甚至是一種完成治療官能症的藥癮。

③川久保玲的極黑和希區考克的黑類似。像一杯咖啡放一塊方糖。失眠有些厭世和高潮。像患失語症。黑。就是一種宣言和佔領。

④流行是春藥。救贖。侵略。閱讀。工具或更多的關鍵詞。實體和虛構。它傳遞對世俗趨勢的雜交和傳統的陰陽面。

⑤非法和合法的命題偏見。穿和不穿。我們在裸裎的核心找靈魂。

⑥皮膚和衣服發生性關係的第一個夜晚。您身體是我想像中的違章建築。甚至是公共空間。

⑦粗俗的巴洛克和宿醉的波西米亞招搖過市的誇耀自己的勝利。黑和白形成起居作息最後的倖存者。他們卑小。但將形成一種潛力。

⑧聖羅蘭和無政府主義者。在媚俗的流行市街外遇。他們擎起大旗。崇尚性是排泄物。崇尚流行是權力。

⑨衣櫃藏著年代。品味。原慾。懷舊和變裝。容納我們生活的矯飾和一種安身的儀式。瑪丹娜和王菲在衣箱裡焦慮和複製。性的魅力。穿和被穿。

⑩單眼皮。金髮。五號香奈兒。晶片美容。虛擬。倒錯。在瀕臨傳統整裝裡。我們發現品種接枝的重要性。身體文本已形成接軌國際化。大家都在努力自我卵生。自我認同。自我發現。

⑪美和醜。低品味和高品味和道德法律沒有關係。它和進化有關係。和耽溺有關係。和金錢有關係。

⑫浴室是某些人的畫室。洗臉台是一幀掛在牆垣的自畫像。水龍頭是筆。您可能會在浴缸裡找到許多流行的元素。包括煽情的精油和亞馬遜雨林香的小泡皂。

⑬流行治療。和流行發生關係的是極端的左派。夢潛意識者。美學消費者。自戀。和口腔期過敏者。人與流行將會持續形成被允諾的運轉。

⑭品牌是政治學。品味是人文主義。有時候。您穿著白上衣。牛仔褲。才合乎反璞歸真的復古符號。並且懂得單純的快感。

⑮重度流行者。像嗑藥。無可理喻的私密露出。其副作用將導致偏執狂的迷亂。以及自我孤立。激進。瘋狂。

⑯腐舊和破敗糾正了我們的審美優越感。所有的皺褶。虛濫。毛邊。土氣。他們含有許多的精神符碼。甚至是一種趨勢走向。葬禮服飾就是絕對的一種走秀戲碼。

⑰男人只有一種。女人有四千九百零七種。女人善用自己的身體把事業繽紛起來。並且帶動生活方式和提昇產業發展。例如。高跟鞋和平底鞋就是一種情緒不同的空間。例如窄裙和露肩束腰以及毛皮風衣可以用來製造閱讀能力。

⑱反流行就是一種流行。時尚老牌裡的那些飾品。如明星花露香水。如虎標萬金油。如彈珠汽水。如奧黛莉赫本用過的粉紅色髮夾。時尚和民俗的搭腔。將形成另一種世故的審美觀。

⑲所有的流行必須是有教養的。包括風格和品味的共鳴以及內在美感的建立。

⑳嘻皮和雅痞。手工和網路。括號和陳述。時間的對決。歷史的拋棄。我們習慣在二元論裡找平衡。其實在無政府主義裡找歡愉是比較可以自由發揮創作的脈絡。

禁區

我存在。我死亡
我踩著自己的影子越獄
扛著宇宙以及時間頑固進行
終點。貫穿的一生
聆聽生命缺口的失底。陷阱
我試圖對歷史撒謊
以異端唇舌註解許諾
刻意迴避壓縮的老邁消息
不去想。那些語言消瘦裡的喘喘發音
並且以虛假回應沉默的真實
誤傷的心。蹣跚疲睏步履
像軟木塞拴住滿滿泡沫的夢界
像假寐。像雙眸一尾的魚紋風情
漆黑的禁區。臉和靈魂
趴在皮肉皺褶鼓起的層層峯頂
虛構幸福。像練習很久的童話
應許一抹目光的搓揉。輕歌踏舞
告訴自己。此刻仍有可以被原諒的過往
無邊風景。悲苦與靜好
容我繼續蔓延。繼續存在和死亡

秋聲 兩則

①秋色動盪的序言

想念是一枚截獲動詞
像我們波光中陳列的秘密
臨水岸邊。您踏雪千頃而來
在室內巨大黑白裡面
學成一種柔韌的沉默
如我微微闔上的心脈
感官裡都是您的聲息

②落葉峯頂

群山敲破的梵音
在莽莽耳際撲動
彷彿亂世佈局裡的透亮
吻著滄桑。那僧者的魂魄
一行疏密成形的人生
凝結。一滴濃烈霜露

回應

小雪。十二月初醒
微微的沉定
六十歲。脆弱著
我忽冷忽熱的背脊耗損
耳鳴。車喧人語置身度外
三兩句咳聲。輕敲吟誦
半偈半調。似可療傷的宿命
青劍沉埋。削鈍鋒芒
穀雨白露。該知道如何靜心神會
人生抵達的映照。虛實大好
戍守的冊頁。未竟的光華
如此弓身初老的喘息
惘惘已是奔馬煙塵
六十歲。此刻蕭索遲疑
人間流放。汩汩的一灣清泉
我該端詳掌心那畝乾皴的淤積
漸弱的這些年。這些燭影搖紅
光與閃電。可以延展的旌旗
猶若迷濛中的餘燼
在最深的裏面鑿刻深痕
彷彿雪的冷冽。馴服的回音
終究允諾自己的是隨緣隨性的去留
妥協或抗拒。一切為歲月而吟唱

入鏡。才曉得時間長大的跛扈
那些黃皮膚漬痕裡的日月
節奏華燦而侵犯
鋪陳的臉殼。典故。毛髮
正以還原儀式。還原人的初始
像受苦坯胎成型的鍛造
揉皺了軀身腳本
把生命焊成一幢幢笑話
交給每日攬鏡前的曝曬回答

小俳句十二帖

❶
用過的人生
一樁樁歷史的身外

❷
海是浪裡一箋絹紙
浪是海中的一枚章印

❸
所謂邊界
移民局臉上的表情

❹
三寸厚的月色
適合一個人停泊

❺
書房裡閱讀
一張眼就是燈火盛世

❻
多年不見的老伯
像一幀裱框的童年

❼
張大的口舌
嚷嚷中聽見存在主義

❽ 胭脂唇厚的岸邊
擱淺我昨夜的一枚落款

❾ 在我的一行詩裡
挖到一堆投宿的哭聲

❿ 咖啡館
一張人型合照的孤獨風景

⓫ 淺酌或豪飲
都是千年撈月的心事

⓬ 蒼鷹站在自己的瞭望台
伸手就摸到時間

書房

秘密符碼。語音以及反芻時間狀態
知悉其中字彙的漂浮和凜冽意志
呼吸吐吶。知識的過境
像修道院和一些些的冬天
安置靈魂。承迎雨露
構築寬容闖蕩方寸之間
室內交集。尋幽訪古的展示
並且穿梭學習詭辯繼續的蔓延
某些社會的。詩和革命虛無的翻閱
歷史記憶以及窗外光鮮亮麗的軟語
愛情哲學。莊子和班雅明的後裔們
催眠。連想。拼奏共同容忍時代
那些堆積的塵埃。混合著結紮的雜誌
深眸的雲。在良田萬畝書頁落腳
這是豐饒之海。這是孤獨者的秘密場址
左派的家。旅人地圖的踱步
雷鳴深夜。轉折。交錯的語言族譜
駐紮庇護這淒美的文學旋律
像古城。誤入沼澤。醞釀小小的燎原

● 獨處

四方形的孤寂
我只能抽根菸調情
滿室都是哲學味道
一個人把世界讀了又讀
薩伊德和波特萊爾的祕境療癒
夢和三餐占據整個人生
許多廉價好看的明天
在剝啄與還原之間
自我憂鬱蒼老的鬍髭緩緩滑落

以詩為名

小小跫音。秋的征途
一叢繾綣低迴的踉蹌浩瀚
句句盛放的曠野迷津
那臨水挽袖的薄薄衣衫
彷彿落葉拓跋的信息
三五行瘦瘦噤聲隱沒
更遠的縱橫燃點的篝火
兵刃荒漠。蒼天折翼
旌旗一角兀自暗暗寂寞
啊。踏月歸來的人
誰懂這瞳中無處靠近的思念
您手撫霜雪汪洋裡的隱晦
重履斯地。從容所屬
您將允諾最暗的疼痛給自己
以詩為名。揭曉不悔的靜靜崩壞

彷彿滄海

您枕上墊著夢
您身子不斷的展翅飛翔
您靈魂晒有淡淡月光
您投擲的人生在荒野躊躇蒙昧
您棄置的名利化為風花雪月裡的一枚宿命
您左腳沾滿回音寂寥的塵埃
您眼瞳栽種一畝沼澤
您寫過的字句穿刺成為喁喁低語火光
您捕獲的九月煮熟半碗青瓷敲落的隱喻
您皈依在漸層落葉的梵聲中
您彎著腰想看看這小小卑微的世界
您流浪是為了尋找自己失落的鄉愁

啊。您是您最疼痛的詩人

在自己的路上遇見自己

越過斷層年齡。時間放逐。人生只是經過。旅行。流浪。離開或靜止。害怕歲月。害怕自己。您的一首歌。從過境荒漠中唱起。尾音落在每夜的枕邊。您忙著排練自己。您活著。開始收集回憶。帶回來的昨天。有比利時巧克力。有大阪手工灰藍結晶釉小碟子。有巴黎紅磨坊提袋。有德國行旅吊牌。有布拉格查理士橋的倒影。有俄羅斯娃娃。有土耳其香料磨具。有北京拍壞的底片。有絲路蒼茫的駱鈴。有故鄉海邊撿回來的石頭。有許多過往雲煙的風景。

我總記得。這些蒐藏的渴望都是為了孤注一擲的揭露。蔓延。在一個人的時候。用回憶療傷。那些曾經拔山涉水經典足跡。一步一步在生命砌築。仰望。嘹亮。

放縱 散文詩二帖

①圓錐形週末。貓舔過的馴服。慾望和節奏黑深深的淪陷。如窟窿裡的頻率光束。哺餵反芻放縱的進化論。容納細細摩挲的初夜。您潔癖詞藻的十七歲。催眠朗誦愛情。給我無法命名的蠱咒。那些過剩動詞體溫。負載市聲濃縮的回聲。美麗與哀愁。

②蹲伏口口斑斕青春期。在混血瞳仁的縫。我聽到您細緻的呼吸穿梭。輕易燃點黑夜分佈裡的細胞。踏入迂迴且跋涉的胸膛。如山海纖維的碎裂。濕且過敏。激流和征服。愉悅與蒼老。我執意走過狹隘且堅貞的年紀。以及您舌頭健談的幸福。

▲埋藏

如何在您掌紋海拔卜問一枚離遠信息
如何以字句音籟計測對您豐饒的牽掛
聽者如您。緩緩耳語命題的空境
繁花好景紛紛斑駁。紛紛殞落
那些坦蕩那些胭脂那些盤據胸次的心魂
在我們顛簸峰頂游移。招降
如我鎮日困守在依盼掙脫的重量裡
於混亂情緒的整個冬日翅翼失衡
像扛起您空格碎裂的名字
不實擁有不實憑藉如翠玉贗品
如一箋書契被擦拭後的紋路
在歪斜稀薄字跡裡尋泊筆劃回音
如此繞過這般靈魂和肉身楚痛的荒原
聽得亂世中滿滿是強橫的命運
像尚未完成的碑銘。無名的國度
試著為您失傳的身後投射低迴
我們將如何在暴雨中萎縮成一滴的沉默
靜靜聽著穿越趨近的方位洩漏
一些情緒。一些吹滅的編寫

秋瞳

晚風滴漏窗緣
碎步撩人的秋聲腫脹
青絲散髮。起身推開寒月
彷彿走近我們相遇的魏晉
衰頹卻滿是轉折風華
想您滄海絮語。朗朗的曠野
那些如落葉預告的世事
有燃點的字句繽紛
有時間凍結的心弦
彷彿諸神合十的脈搏低音
在夢的嘹亮懸崖
聽你緘默荒蔓的衰老
於深夜囊中的一盞燈火
倏然想起。今生我們的風雨
悄悄的熄滅。嘯嘯的白首

● 尋蹤

我旁邊隔桌有人對話
一對烽火走回來的老兵喃喃自語
他們用乾燥的鄉音細述遭遇
他們不恨共產黨也不愛國民黨
我惶惶從後視鏡看見他們的年代
一個沒有耳朵一個是失去身份的人型
這些曾經小小的死亡像日記
記載生命句子疏落裡的問號
此刻儘管他們不斷湧動著激越年紀界線
潑灑他們口沫裡的濃濁歷史
而我依然在隔桌裝著喝咖啡的優游市民
靜靜的聽。這復沓過的血印步履
彷彿聞得現傷遍地潮濕的煙硝味

●南方

雲沫低低的彎下腰
靜靜俯聽浪海滔滔的朗讀
一字一句翻湧著時間風景
像您走過的那些腳印語詞
動盪回聲裡有我們鼓譟的青春
一波一波堆起踏高的問詢
是否您已搓浪漂泊歸去
是否您已愛上這般浮游高懸的玩世癲狂
獨自在荊棘之途閃爍搖撼
像漫天星火撩撥的黑夜
在近乎生死降伏的指縫中
您是謎題煙雲不測的候鳥
此刻我瞭望輪廓清明的記憶島岸
凝視您擺放身後的遠方
如空轉薄薄的滾滾字句
在暗痘南方攪拌敲落
鏗鏘中有您一頁頁跋涉的江湖

● 昨天和明天

穿越時間空腹。一切歸零
昨日之前。泛泛衣食營生
一天漾漾盪盪的反芻。行進
而今日。陽光低啞的又在窗前如蟻爬升
我循著分秒間隙輪轉跋涉
理緒將面臨的未知
設想如何去攀越生活藍圖中的阡陌藏匿
形骸碰撞。存在的叫喚
日子白花花灑在脆弱虛無的回首
關係以及缺席。生命內部
像我鏡前那些屈服於被擄走的光影

現象

我的住址平行於屋內方丈疆域之間
存在線索和曖昧關係的投影
一張床以及一堆圖示陳設
日子回應日子裡的場址書寫和進行
許多的平凡置換成交融經驗的揭露
十八歲的一場愛戀開始結束對佛洛依德的信仰
七坪大的春天位置歧路交纏而駁雜
三十九歲在陽台曬著一件又一件的翻面內褲
生活習慣位於浸越與寫一首詩的蔓延
有時候孤獨勝過世界之外的發現
五十一歲遭逢知識不在場的剝離處境
五十三歲那年我思索繪畫是一種掩藏和看自己的方法
像夜間走進便利商店一樣的純粹和緘默
我繼續的和自己進行浸透以及拆解以及轉換
二零零九年您給我的信和巴爾札克一樣的狂躁顯露
我需要一杯咖啡以及肝功能指數過高的幻想
或許是死亡或許是更接近世俗裡的窺視
只為簡單理由我離開哲學離開抽菸離開體制
像笛卡兒解放空間的潛伏性和實證基調
五十四歲我穿著人字形的夾腳拖鞋磨出和刮痧一樣的世面

就像沒有修過社會學迷樣的碎裂游移
我來回踱步在液狀線性的時間量表中
我接受無概念的呈現和徹底尼采式的神諭引導
無言的尖叫在深度的棲居中進行虛無的捕捉
包括詩境和畫作裡的語彙符號建構
二零一零年四月我依然相信簡單和心智脈絡的關係
我終於在現象的黑暗座標取得出口航導
越過普遍性和集體主義的編造指涉
我努力的在生命的張力驅動步伐
就像現在一樣繼續趨近內心靈魂範疇
譬如散步吃飯或讀一本回覆自己的小說

● 人生風景

〈一〉給周夢蝶

道風蟬問我們生滅無聲的約會
非蝶似蝶夢境裡的武昌街
一如隔世錯過的遙遠捕捉
該是少年強說愁的似懂非懂承接
您悠然雋永在初版「還魂草」簽了名
再讀已是三十多歲月的蕭索紙筆
而您病身若瘦金體的踽踽搖晃
彷彿風雨中我讀著時序混亂的旁註
靜靜溫習您一生長途跋涉的孤鷲倒影

〈二〉給羅門

每根白髮都是一樁人生際遇
流年似水風華只是生命的一齣記憶風景
最終自己只能托付給時間的安置
當您脫稿成悄聲的軀體文本
像極了捲曲的最後一行馴服的詩
而字句裡瀰漫桑滄不測迷霧
淚雨真知我終於懂得這是最遙遠的風月
我合掌默念手中那本「死亡之塔」
想像您是否能從濃墨青煙中復活

● 還魂

立體而凌亂的寂寞在屋內腫脹
奄奄一息的裸光咀嚼驚悚的潔癖
聖者言談禁錮在牆角藏身的書架上
荒原字句緊臨弓馬刀劍邊境
摩擦刮痕的夜正撫弄著流亡聲音
那些迴盪時代遭遇的頑強沉默
像一跟菸即興的描繪遷徙的方向
舊時間片片剝落在歷史的瞪視
不止一次我踮著腳尖窺視到死亡和革命的矜持
像巨大碑石坍塌後的斷層重建
我聽到血和身影喋吻的對話
那些蕭瑟美麗掀開的壯烈面容
我點閱一具具眾生俱寂幕後的嘹亮
「美麗島」和「自由中國」以及「夏潮」、「南方」諸多的顯眼綻放
我試圖以笨拙龐大的人聲去搭腔獻媚
甚至以華麗至極的意象回報不可攀越的句讀
想在暗夜瞬間航向鐵欄深鎖的胸口
像虔誠宗教蔓延凝住震撼的炯炯火光
如此鋒銳如此咆哮的時代孤鳴
瀰漫烏雲的雷聲轟然炸開
那些創痛倖存中的隱喻真理
那些文明輝煌過的昇華
生命原貌的絮語貼近
一分一寸遼闊無垠的椎心在小小屋內傷慟奇遇

致亡友

二則

①此身靜止。您心脈流域的出口
傾聽暮色。活著重疊的呼叫。徘徊告終
您皈依。不息的生界
聽混混沌沌人間。縮小零碎的存在
您一生退化為平凡。他者。療養獨白的愛
您放手島外。紅塵授業。像一枚小小靜止逗點
賦寫自己。臣服自己。您繼續負荷暗啞催擊
以卑微以失衡以瘋狂為自己找註腳
彷彿生命裡萎縮成受凍冰原。無河渡口
渡口無河。我們茫然錯過繁花盛開的因緣
親愛的夢址搖晃。燃燒。飄零
踉蹌如月。在黑暗裡折翼。熄滅
完成或放逐。此心託付轉身的明夕
啊。明夕。死亡瞬間。撲空的人生命題
無涉對錯。一吟三歎我只記得沉默是唯一的穿越

②仰望星斗。孤鷹身後

半響靜默的遠方。您是光。火
逆時針闔眼的輪迴。您背痛的行走
關於愚騃與溺水三千的圍籬
喊痛的冷。起心動念都是您的不堪
不堪迴旋那刻骨銘心的遭遇沉溺
像凌遲。無可挽回的完整
回首。尚饗。隨風朗讀您低音提琴裡的安眠
輕輕細語。安撫。咀嚼
非鏡花。非水月。非您的原野
病裡乾坤。您輕咳滑下的面容。瘦了世事
容我溫柔。容我一行狂草馴服的祝禱
一字一句暈開的間距。哭您
悼亡的獨舞。落空歸來。那些乾漬的愛以及疼惜
霜降南方的小徑。您走了
您是我八荒九垓中孤獨朗讀的一首詩

聆聽

九題

①空著屋房。漫黑。一個人遭遇
孤寂。敲落背影問號裡的字句
人生叫什麼
世界在外面忙碌

②未完成的畫。時間厚重塗抹
筆觸層次。風風雨雨咀嚼
我聽到怖慄的美感
在生命底層修刪。吞併

③憑窗小讀。陳映真的遠方
革命者在革命裡寂寞
升火。熄滅。誰是深淵裡的回聲
我彷彿觸摸到虛無的永恆

④詩句彼岸。您在浪濤裡
閃爍。巨大沉默
要如何描寫您詞性中的展翅
一個不斷在黑暗裡實踐搖晃的自己

⑤夕日。一盞晚燈靜靜滑落
盛開著暗夜裡的任性

一個人。一樁故事的蔓延
愛與沉溺。羅蘭巴特的普羅教主

⑥受凍顏色。凝遲呆滯的線條
在白黑之間呼吸
像囚禁。在入世虛實學院裡
千疇出手。試圖找鷹的位置

⑦細讀吳耀忠。聆聽風雪
我看見一個蹲在解體世代的放逐者
酒與革命。遼闊希望
我們無法詮釋的那些共同告解

⑧影子在黑暗裡藏躲
埋名隱姓複寫我的踉蹌
存在與湮滅
如同那些千瘡百孔的白天答案

⑨空酒瓶。召喚年代
角落裡都是放逐浪漫的靈魂
燃燒過的激昂。荒原
他們用哭和笑為自己填空。命題

● 衰老

月下。聽弓弦滑落吞吐
域外笙鼓。魂魄堆砌
我聽到死亡滲進的聲音。遠方
您疲憊。您沉默。那旅人夢境有雪
自荒漠的黑洩漏。一則落雁的指紋
一記駝鈴的耳語。未屬名的
有您跋涉的滄海水印
紅塵征衣。您穿越斑斑時間
斟酌雷雨後的誤讀
愛與復活。淡淡的寫在雲端
像一行詩的爬行
我們在紙筆硯墨裡衰老

● 墓誌銘

這裡躺一個我
長方形的人型構圖
一覽無遺的身軀風景
獨自和神討論死亡
像舊派的人
不參加世間任何組織
擅自在深淵地底活動
瘦削肩胛骨露出多桀命運
蜷縮的雙膝卻像回到母體懷裡
我已高興進住靈魂的光環裡面
輓歌縱隊有眾人歡樂噪音
唱呀唱給末世者聽

讀離騷

冥想。走進您不可及履的古代
一扇小窗天涯。剝落
賦格裡有帖文字以及典故
像您饒舌經緯。淒淒切切
拼音和造句在意象中漂流
而詞性殘垣斷壁的坍塌。無常
我搜索您柳岸江邊的住所
想您一個人的辭別
不合時宜的孤獨和沉默
在一萬萬個字間叩門而訪
芭蕉。屋簷下竹影斑斑
搖晃的時間擺渡
亮的字。暗的句川流而下
滿腹線裝書的行吟澤畔
像五月。像水邊潺潺的記憶

如此汨羅江在平平仄仄視窗停泊
歧義終端機。按鍵
在我彈指間閃電。風雨驚雷
不寵愛的長夜。苦和疼痛
一頁頁病僂殘喘的輕聲低喟
靜靜棲止。臨水枯顏
我採到一枚詩詞中的唇語
有您風霜。眉批以及刮傷的心
以及筆劃不安的墨蘊
在離騷邊境嵌入一座如蕭穆的碑
細細梳理。我的王。我的愛
如同影幕中的迢迢荒野。招示
像有人擁抱我
在食指點閱中。換格轉韻
您無處可逃。您逃回辭賦雲端
去攙扶被放逐的滲漏
浮浮盪盪。您是辭賦中最美的句點
那些愁。那些恨。那些雄黃祭酒的老去
水葬千年。如夢橐囊中的一部傳言

宿命

灰黑暗日的幽徑撞擊
輕啼薄層的覆蓋
半盞夕紅懸空。空著疤痕
自地平線狼煙弩張而起
您清楚看見。江河恆古孤魂
楚辭裡的瞋愛皈依
淡定。無名贖回的過往
就像我們重疊的昨日和今日
沒有歲月。沒有傾聽
那些不滅的肉身泥濘
像溺水浪花。像未成形的夢
我們滅絕的瞬間。宿命邊際
我在域外。您在慈悲裏面
荒漠愛恨。迢迢無聲的老去

●臉書

他們都說他們是他們的朋友
只要按讚讚讚讚讚讚讚
他們是朋友的朋友的朋友或朋友
指尖悄悄染指。一扇門打開另一扇門
這裡有薩伊德。有卡卡。有三毛。有親愛的人
這裡有木棉花。有消息。有激情。有陌生人
兩公分的拇指之間啟動一個全新的世界
只要按讚讚讚讚讚讚讚讚讚讚
他們和他們可以連結。撫摸。刪除。略過。繁衍
您加入我退出。您躲藏我復出
一次留言一百次留言一千次留言一萬次留言
我們因陌生而熟悉。因熟悉而遺忘
很多尚未說完的愛和等待和填滿和殺伐
他們都說他們是他們的朋友
在一張臉的背後他們盜用他們和她們的潛意識

輕食者

一屋子潦草愛情
壞掉的媚寵和關係
陳舊以及沉默的腎上腺
以及撲撲鼓翅的佛洛伊德
塞滿被時間遺棄的身殼
像統治者獻上非秩序的救贖虛位
靜靜屈從對寬鬆尺度的翻閱
在低低下墜的節奏暗夜
您給我榮耀和承受和治療
並且擅自臥底官能側身
進迫失去教養的原我
以一種沒有主義的平庸鳴愛
輕輕的把我整座人生抬起

巡梭

一個城市繞過一個城市
一條路攀過一條路
一齣人生舖展過一齣人生
您看到霓虹燈疲憊的掛在巷口角落
您喝完的空酒瓶裝充滿霉味的記憶
您的行囊是否依舊有一本嚷嚷的左派
您喉底是否依然吞吐著滾動的民歌情緒
沉重的故事是否會無端的翻湧
那些立體而老舊的時光告別之後
我們寂寞的聽完李雙澤和薛岳以及羅大佑
然後留下紀錄的哭聲和大量的沉默
沉默之後。我們就老了
一個城市繞過一個城市
一條路攀過一條路
一齣人生舖展過一齣人生
您撫摸招牌裡燙傷的資本主義
您躲藏在網路尋找虛擬的庇護
您退回耀眼激切悲壯的自己
您跌入陳腔濫調的市場功能殿堂
我們漫濕在俗世燈火輝煌的交界

張開未曾實現的繽紛美麗翅膀
彷彿預言強悍靈魂的撲滅
聽不見真理高亢濃烈的說服
我們看不清是唏噓還是劫餘後的孤獨
我們在珍珠奶茶和艷麗辭藻之間朗讀
朗讀之後。我們就老了
一個城市繞過一個城市
一條路攀過一條路
一齣人生舖展過一齣人生

● 讀商禽

誰在敲門
二〇一一年的某個角落
月色經過樓頂
孤獨聲聲慢的停泊
三坪屋內狼籍暗灰
小小書房和洪荒單身
貓與過境春天
陽台繼續遼闊
眺望繼續的嶙峋瘦骨
世界往返擁擠而蔓延
我剩幾頁的商禽未讀完
飽和語彙裡倒影透光
人群啜泣的尾音緩緩虛弱
彷彿時間躡足而行的漂流
無法上岸。無法高歌
怕黑。沒有安靜的靈魂
如同死亡貼近風燭危顛
您在房間平凡。壯大
您總是一個字一個字的攀越叫喊
給我們添加一些未來
在黑暗球進的永恆
請進。歷史在說話
我們闖入夢境龐大裡的知識咆哮
出口。入口。我們聽著控掘的燒灼回音
啊。誰在敲門

無語

一生只有幾頁可讀
甚至無處。甚至皓首窮經的塗抹
燈下。附送字句裡的回答
從青絲到白髮的擦肩。尋覓
盤踞或頻頻的回首顧盼
只是幾行滑落的暗影星空
在無可測的轉喻和對照中
在最深的掩遮詮釋裡
在兩指翻閱的微合之處
細細端詳。躓困越嶺的徒步
誰能與時光簽定。百年之後
獨有一撮墳丘暗暗怯怯的問路

● 時光旅程

整個下午
我在時間的左邊
我在辛棄疾和楊牧之間
我在文字荒原邊境之間
我在落葉梵聲輪迴頻率之間
我在臨水斟酌生死滄海之間
我在記憶和遺忘懸浮之間
我在一箋風月裸露凋零之間
我在人聲浩劫坍塌之間
我在一株波斯菊和圖騰禁忌之間
我在靈魂失速偏離軌道之間
我在假設與借喻不著邊際的美學之間
我在錯綜紛雜的身世風景之間
我在我的封鎖領土囚禁之間
我在三島由紀夫和濃稠夜晚之間

整個下午
我有一桌的風雪和一壺歷史

我獨自揮霍獨自寂寞

聽雨詠

整個夜晚
只有雨在窗外叮嚀
跋涉的旅人呀

記得帶里爾克
記得縫補衣衫
記得添盞燈火
記得與雨同行
記得寫一首詩給自己

整個夜晚
我沿著雨的步履行進
找到蔓延
找到辛棄疾
找到冥想
找到括弧外的您

啊。整個夜晚
我在臨水深淵裡的部首找到一些些的您

生滅

在逐步成形成祭典的足履
人生開展多情肉身的涉世
像關山曉月回向預知的亡靈
苦海中都是時間詭譎的閱讀
憂喜因緣於滔滔輪迴中
今天是明日永遠的歷史俘虜
天地恢恢我只是一朵青蓮的抵達
如法如佛淌淌照見以病以苦的灌頂
來世腐朽一切像上師背負超渡的慈悲

蒼●生

迷走民國市景崎嶇覽圖
我沿著銅幣虛線兩側問路
窄窄方向都是鑿空的明天
那些不斷下滑的經濟指數深淵
我聽見苦苦蒼生掉落存活泡沫顛簸中
在政府擦身而過的高亢輝煌理論
五十元一把的青菜正在殿堂議論著
ECFA和販夫之間的平衡論證夢想
以及崩世代生存秩序裡的重整贖回

對照

您失蹤。您重現
掠過時間的挖掘。空白
您有一大鉢的追逐以及輸贏

紅塵荒煙種種。凝疤之後
您撫過的掌紋。一片風雲
像千迴百轉無遮攔的苦

靜靜的病。水月面容
您仰望樓宇無處峯頂
想像這是輕揉過往嘯嘯的襤褸

存在肉身的鍛鍊。驚惶
一朵生滅。您迷醉輪迴共生
聽梵音滿溢的今生獵取

歲月枯骨。微微的衰老
無償繼續的熟悉與沉默
您惘惘穿越振翅的夢境。示弱或遺忘

說●畫

您執著鑿空自己成為激辯的風景
您在畫裡說了一堆人生
像您樸實性子裡的回音砌築
更像您笑的靦腆線條
溶在那朵雲的背後
夢和多霧的色澤蔓延
譯著熟悉暗喻的聲音
像貓不朽的安靜
那些停了又走的筆尖
細細滑落在三畝經緯地的畫面
彷彿征人砉砉跫音的完成
不說什麼
我們都知道揮毫後剝開的明媚
千年彩墨的懸崖
仍有您悽惶走過的胸膛

生活●日記

九則

①陽光在窗外叫床
我仍伴睡
一屋子的夢剛醒
就忙著要清理今天頑皮的影子

②對您有十三個字的想念
沒有逗點也沒有關鍵字
一直在扉頁迷路中打轉
像掉入圓周率裡的漩渦

③朋友告訴我
高粱酒好喝
因為它能揪出我的心事
也能安撫崎嶇不平的靈魂

④撫摸自己的年輪
僅留的殘骸廢身
曾經是刨成精美可用的材料
如今卻已成時間的還原回收

⑤坐在星巴克垂暮玻璃窗內
我點了一杯咖啡
對準寂寞
努力修復索求的倒影愛情

⑥急促的腳步聲
在城市輪廓裡摩擦
許多世事的路過
我看到人生纍纍崩塌的傷痕

⑦當手機掏空我所有的心事
我才知道噪音的功效
有時候那些嘮叨的催款絮語
竟也能治癒我的憂鬱症

⑧風景不斷的換裝運轉
傾斜的和倒立的
像逐次清醒的時間
我們又走回原位

⑨雨總是慢慢的下
像老情人對我的搭腔
濕了一大片的愛情
擦也擦不掉我們的諾言

夜雨

散文詩

在房間格子內暗角。四十五度褶頁裡。蟄伏而降生。
您滿溢孤獨撫過的傷。像睡著的夜晚。拋置。
動與靜。一抹微光正咀嚼窗外冷冷月色。

您遠方。您失啞而振翼的身影不斷從夢的缺口出走。
彷彿有光。彷彿落葉窄小的釀酒聲。在十二月。
柔弱的夜下。您來了又走。

我靜靜揮毫最後一筆飛白。冷。尋著時間霜雪掩飾。質問
書桌下。那千濤萬水捽成的細浪。潮汐。淹漫種種如您滄桑的隱喻。獨自
煉造。黑暗中壯闊。美麗。您渾身嘎嘎骨節。崩放。錘擊。彷彿水聲濺起
朵朵盛開的疏落。回聲。啄痛。在十二月。
柔弱的夜下。您來了又走。

方寸疆土。屋內㲎㲎老朽。胸中一畝池沼。微微的在指尖荒沒。記憶此刻。
挺進憔悴的虛無。哭與笑。您是一盒鏗鏘的青火。在十二月。
柔弱的夜下。您來了又走。

●室內愛情

唇尖柔軟的一方版圖
侵略者掠過的懸崖節慶
翹首俯望。潛意識上升
良夜。燈火以及金屬脈搏
低低的嗶噪著
回升自後宮竄燃
像罌粟花裸裎裡的微笑。嬉戲
在眉眸與露水間
允諾撫慰者的心
穿越我小小支流胸膛
鋪設濃霧。浸入隱生叢生的青苔
空搖晚色。一抹舔食
任扯謊的嘴舌揭示愛情
並且議論紛紛廉價的肥脂

軟
情人

爵士樂般的節奏身板
透明而佈滿迷離的氣息
如同愛情閃爍
在夢的伸展台上揭示
您豐饒裸露的一生
素顏光澤線索
每吋肌膚融入薄紗經典
舉足之間風情勃發
像時尚原野裡的小獸
像曼羅陀枝稱花季的汁液
您擲出雲彩動魂的青春
凝視俊俏還俗裡的狂放
在人群中陳列隱喻純熟
在廣漠天河擦出火花
留下顧盼坐姿的煙硝
那些人工皮草以及凡世裡的走調
彷彿濃密神話
您悠然轉醒的低音吐吶
美麗像鋪滿馴服章法
在我逼近的黑夜微微輾過

● 進化論

關鍵詞。中性偏左的異化信仰。焦慮和不斷的消費。像拼貼。病患。無可
挽回的拜物理論。
您眼瞳播放閃亮的假設。激進腫脹。視覺與觸覺。優越感的身體使用方法。
從腳踝開始。古銅色臂彎。藍眼圈。二手服飾。暴露。非脂肪性的體質和
烏托邦。

器官代替振振有詞的美學腔調。

塑膠性的快樂。諂媚。侵犯
您在刺青的暗房發現市場年齡。在古柯鹼和主義之間。盤算。
修辭學和產業供需的思維模式。精油。面膜和夜晚。
獵行。潛伏。街與街販賣的時尚。青春。潤滑液。我們徹底忘記三島由紀
夫。甚至王菲。我們食譜有動物性的後設結構宣言。
像第一次使用過的性和網路治療。

您喜歡可愛。粉紅色和雌雄同體。電子版演示每天的進化。
古龍水脆弱的承諾。大廈頂樓有匿名愛情。十七歲。
您擁抱粗礪體溫。
像侯麥電影。像下墜的芭比娃娃。

阿斯匹靈。支配者。殖民地脈絡。您移動的複合體。
六塊肌。動亂。贍養費。對準柏拉圖。倖存者。三天兩夜。
西門町。血液輸送的家。人工合成。歡悅。佔有。繁殖。
口舌和錢幣。書寫每天的興亡史。

一個人的酒館

垂墜鏡影的子夜。我和酒
五十歲版圖迢遙。抉擇
無垠海域。無聲悄靜
那些夢。灰燼與塵土
青春後期的廢墟。一個人
如鐘擺邊境風景
置身已然孤獨的世俗記事
一杯酒後。星月與火爭輝
幽邈而耽美的挪近
這不朽的虛構。十字架引領
旋律吟哦裡的生命詮釋
巴哈。柴可夫斯基的幻覺。吮吻
誰與我的約定。認命的岸礁
我無盡荒蕪的答辯抵達
海尼根。情人以及逝水遠方
亂世冊頁。胸膛暴黑的隱藏
傾聽。您稀微的騷動
在一根菸蒂的末梢。關於痛
我迷離蛻身的羽翼
驚呼。我們已然暗鬱的沉默

● 像慾望的步驟進行

鐵和鏽。一屋子人生潛越
老愛情在窗口喘息。暗渡
傷和快樂迷信方法論治癒平庸
想像力殘骸焊接許多轉彎日夜
世界冷笑。縱容單手繁殖需要
啤酒罐裡咆哮孤獨誕生
陽萎眼神。赤裸燒灼年輕
從擰熄半截菸蒂算起。進入神的冥界
哺養。性和意識狀態猥褻靈魂裝備
感官城市露出體毛。有甜度
笑聲掩埋左派。乳頭和主義拉扯圓周率
隔壁有人喜歡潰爛的桃紅色侵略
我們傾聽深情款款大量流瀉動詞
鍛鍊強壯的網路下游器官。六十歲之後
繼續傳染給保存期限已過期的貞操
維持時間列印生活或本質論
不必經典。不必麵包。崇尚交感神經
興奮的液體年代。這是最容易消化的預算

● 作品之外 三記

〈一〉我在一張畫的天空吶喊
我的畫只畫自己。小小的自己
我把自己藏在每一張畫裡
吶喊。尖叫。一路上卻找不到要的自己
一堆色料。一堆廢墟。一堆掌聲
只有沉默是我的聲音

〈二〉因為書法有孤獨的血型
我用墨液餵養我飢餓的筆
一個字一個字長大成人
最好能長出自己的樣子
不要老是像老爸一樣魯莽。放肆
一生只想用力的把根枝拔出血來

〈三〉詩是一種無藥可癒的病
我有十三種症狀
最難治癒的是沾滿字跡的腦下腺併發症
傳染的程度。蔓延滲透
從心靈缺口一直氾濫到週邊旁觀者
他們嘲笑我。該死

斷章 九則

①
影子是時間的簡歷
姓氏和人生僅僅一百字
現實已超越經文體積的研究

②
雨聲章節句句渾圓
一言一語梵音濾出
在弄髒的黑夜洗出潔淨黎明

③
簡訊裡撿到一枚瘦金體秋天
一座害病的王朝遺址
緩緩退到人間迫近的繁花和涅盤

④
落葉測量額頭水紋
猜一種病的雛形
是創世紀捏塑不翼而飛的生卒之間

⑤
白花花芒草昂首揮毫
一根根自己的肋骨落款
竊竊私語刪寫國家語彙修辭

⑥一隻鷹穿越形成的戰線
高聳匿隱於宿命論惶惶
啄食中練習生死距離

⑦針線縫隙鬆脫一口歲月
衣衫不整的腹地
燃燒離亂風雨攀爬

⑧舖好崎嶇回家名字
地址空白著語病
一則消息喘喘的生鏽

⑨聆聽掌紋命理歧途
一個人的斷章繁殖
一齣生死對話的玩笑拼貼

單薄多汁的斜紋身體
一排情慾舔食
紅的煽惑和粗野的黑
十七歲的美麗空屋
如嗑吻苦苦的禪
如蠱欲蓋彌彰的挑逗
小小緊身的魏斯伍德
我聽到時尚堅挺的自己
給存在主義磅礴蓄勢索求
練習上流社會獨立的法文腔
形塑戀衣癖文明風格
學著打開世界櫥窗優雅身姿
交換異端以及絞纏的裸露主義
端詳一部燦麗私身的浮華舞台
並且在經典皇家位階墊肩豐碩美學
揮毫無政府結構下的盛世
閱讀我們第一頁子嗣繁殖的胸膛
栽種腹丘無邊流瀉的繁茂
關於那揮霍迷路的朝聖者
我知道您是寂寞且被命名的鹿
喜孜孜的昂揚在自己的輸誠語彙

◎ 慾望

囚泳生計。人啊。一窩靠攏城邦的蛆。
蛀空。我們共同飲食男女。
慾望高漲的年代。 忙。 形而下。
刷卡。失眠。性愛。搖頭丸。瘦身。離婚率。
升值進化論。非秩序禍福。
在湍急欲求供需做虛線連結。

我攀爬危崖仰望榮耀和乾裂。
救贖存在。以及一首短短的波特萊爾。
在時間不斷的追逐裂口。我捏緊暗藏靈魂。 等。
　榮格呢。克利希拿穆提呢。

一張張破的臉。向一枚枚亮的銅幣輸誠。
　市場佔有率。七菜一湯。尋找接近豐厚的天國。
當公事包和人潮撞擊的第一天。
仁愛路。忠孝東路口。

我遇見養育我的老闆們都在排隊訂購他們瑰麗的明天。

● 我在我的揮毫中讀人生

悄悄我走入夜的眾聲失語
我說這是意象渾沌暗示的重量
一整年我黎耕九宮格四方體居所
臆造長篇風雲煉火的複寫
如粗胚形塑前的舔血修補
拼讀或者自內心填空的採集
我惶惶感受諸神的俯視療傷
綿延如煙吟哦懷素壯闊擬寫一帖人生
聆聽水聲和字粒轉化融雪的發問
再我遲遲雙手交換無數時間的越嶺攀走
沿著書帖遺址重新撫摸涓涓佈局
於是循向一路林立字碑降臨
在微微風化的紙片放逐縈營
索尋百家星火和出鞘的江湖門派
記下暗碼以及敦厚行儀的教養
依此在字字墨海桑滄裡吞吐反芻
如我蕩蕩飛舞再生的淋漓劍影
化做萬象生命存在的簡約
學習揮毫之間隱喻形成的碧沉和挺拔

讀詩人37　PG0858

買賣詩集

作　　者　許水富
封面原創設計　許水富
內頁構成　許水富
責任編輯　王奕文
圖文排版　陳姿廷
封面設計　陳佩蓉

出版策劃　釀出版
製作發行　秀威資訊科技股份有限公司
114 台北市內湖區瑞光路76巷65號1樓
電話：+886-2-2796-3638　傳真：+886-2-2796-1377
服務信箱：service@showwe.com.tw
http://www.showwe.com.tw
郵政劃撥　19563868　戶名：秀威資訊科技股份有限公司
展售門市　國家書店【松江門市】
104 台北市中山區松江路209號1樓
電話：+886-2-2518-0207　傳真：+886-2-2518-0778
網路訂購　秀威網路書店：http://www.bodbooks.com.tw
國家網路書店：http://www.govbooks.com.tw
法律顧問　毛國樑　律師
總 經 銷　創智文化有限公司
236 新北市土城區忠承路89號6樓
電話：+886-2-2268-3489　傳真：+886-2-2269-6560
博訊書網：http://www.booknews.com.tw

出版日期　2013年3月　BOD一版
定　　價　350元

Printed in Taiwan

國家圖書館出版品預行編目

買賣詩集 / 許水富著. -- 初版. -- 臺北市：釀出版,
2013.03
面； 公分
ISBN 978-986-5871-15-4（平裝）

851.486 102001423

讀者回函卡

感謝您購買本書，為提升服務品質，請填妥以下資料，將讀者回函卡直接寄回或傳真本公司，收到您的寶貴意見後，我們會收藏記錄及檢討，謝謝！

如您需要了解本公司最新出版書目、購書優惠或企劃活動，歡迎您上網查詢或下載相關資料：

http:// www.showwe.com.tw

您購買的書名：______________________________

出生日期：________年________月________日

學歷：□高中（含）以下　□大專　□研究所（含）以上

職業：□製造業　□金融業　□資訊業　□軍警　□傳播業　□自由業　□服務業　□公務員　□教職

□學生　□家管　□其它______________________

購書地點：□網路書店　□實體書店　□書展　□郵購　□贈閱　□其他

您從何得知本書的消息？

□網路書店　□實體書店　□網路搜尋　□電子報　□書訊　□雜誌　□傳播媒體　□親友推薦

□網站推薦　□部落格　□其他______________________

您對本書的評價：（請填代號　1.非常滿意　2.滿意　3.尚可　4.再改進）

封面設計_____　版面編排_____　內容 _____　文／譯筆_____　價格_____

讀完書後您覺得：

□很有收穫　□有收穫　□收穫不多　□沒收穫

對我們的建議：______________________________

____

____

____

請貼
郵票

11466
台北市內湖區瑞光路 76 巷 65 號 1 樓
秀威資訊科技股份有限公司 收
BOD 數位出版事業部

（請沿線對折寄回，謝謝！）

姓　　名：＿＿＿＿＿＿＿＿ 年齡：＿＿＿＿ 性別：□女 □男

郵遞區號：□□□□□

地　　址：＿＿＿＿＿＿＿＿＿＿＿＿＿＿＿＿

聯絡電話：(日) ＿＿＿＿＿＿＿＿ (夜) ＿＿＿＿＿＿＿＿

E-mail：＿＿＿＿＿＿＿＿＿＿＿＿＿＿＿＿